Opal
オパール文庫

身代わり婚約者は今夜も抱かれる
御曹司の甘く激しい執着愛

蘇我空木

プランタン出版

※本作品の内容はすべてフィクションです。

プロローグ

時刻は夜の十時を少し回っている。佑衣香《ゆいか》は重い足取りで自宅に辿り着くと、できるだけ音を立てないように玄関扉を開いた。

とはいえ、古い日本家屋ではどんなに静かにしようとしても限界がある。板張りの廊下を軋ませながら歩いていると不意に応接間の扉が開き、思わずびくりと肩を揺らした。

「随分と遅かったじゃない。どこをほっつき歩いていたの？」

お帰りの言葉もなく、母親である奏美《かなみ》が不機嫌丸出しで問い詰めてくる。寝支度を済ませているところから察するに、佑衣香が帰ってくるのを待ち構えていたようだ。

「仕事がちょうど忙しい時期なの」

「あらそう」

佑衣香は大学で土壌学を学び、今は母校に付属する研究所で助手として働いている。

そして毎年この時期は研究費の助成申請やら新年度の準備やらに追われているのだが、これまで母に説明したことはない。そもそも佑衣香の仕事に興味がないのだから、知らないのは当然だろう。

しかし、連日深夜に帰宅する娘を心配するような人ではないのに、一体どういう風の吹き回しだろう。なんだか嫌な予感がする。

「佑衣音《ゆいね》が昼過ぎから喉が痛いと言い出して、今は熱も出ているのよ」

「そうなんだ。大変だね」

双子の妹は子供の頃から身体が弱く、ちょっとしたことですぐに熱を出してしまう。母親は佑衣音に対して過保護すぎるのだが、それを指摘すると逆上するのが明白だ。

さっさとこの場から離脱したい佑衣香は続きを促した。

「実は明日、大事なお見合いがあるの」

「……へぇ」

妹がお見合いをするなんて初耳なのだが、最近は滅多に顔を合わせないので文句を言うつもりはない。

「あの子、それで緊張してしまったみたいなのよ。繊細すぎて本当に可哀そう……」

頬に手を当てて母が盛大に溜息を零す。双子のくせにお前はどうしてそんなに図太いんだとでも言いたいのだろう。この手の嫌味はもう聞き飽きている。気にすることなく「そうだね」と生返事をした。

明日も仕事が満載なのは確定している。だからそろそろ解放してもらえないだろうか。そんなことを願いながら愚痴を聞き流す佑衣香の耳へと信じられない言葉が届けられた。

「――だから、佑衣音の代わりに行ってちょうだい」

「…………えっ？」

反射的に訊き返してしまったが、不機嫌そうに同じ言葉が繰り返された。聞き間違いであってほしかったのだが、どうやらそうではなかったらしい。

「急に相手が変わるなんて失礼だよ！」

思わず大きな声で拒否すると母親が呆れた顔をする。

「なにを言ってるの。これは佑衣音のための縁談に変わりはないわよ。それに結婚自体はほとんど決まったようなもので、顔合わせを兼ねて食事をするだけだから難しくはないでしょう？」

あまりにも突飛な提案に佑衣香は固まってしまった。

それはつまり、妹のふりをして見合いに行ってこい……ということ⁉

「決まったも同然だったら、スケジュールを変えてもらえばいいじゃない」

佑衣香と佑衣音の姉妹がそっくりなのは外見だけで、性格は正反対といっても過言ではない。お見合いは見た目だけを判断するものではないし、佑衣音本人が相手を見定める必要だってあるはずだ。

至極まっとうな提案だというのに、頑固な母は憮然としたままだった。

「お相手は大企業の重役さんなのよ!? 簡単にスケジュールを変えていただけるようなお方じゃないの」

「いや、だからって……」

「あんたは黙ってニコニコしていればいいの。なんの役にも立っていないんだから佑衣音のために少しくらい協力しなさい!!」

経験はないけれど、お見合いは絶対にそういうものじゃないと断言できる。とはいえ、意固地になった母親を説得するのが不可能なことは、これまでの経験で嫌というほどわかっていた。

「佑衣音にとって大事な日なのよ。だから明日は仕事を休みなさい」

「いや……繁忙期だってさっき言ったよね?」

奏美は基本的に、佑衣香についての情報や言ったことをまったく憶えないのだ。

それだけ聞くと記憶するのが苦手な人なのだと思われるだろうが、佑衣音に関する事柄に関しては恐ろしいほど子細に憶えているので、単に興味の有無なのだろう。

その点について、もはや責める気は微塵もない。だが、ほんの数分前に交わした会話の内容すら忘れられては、話をするのが一気に億劫になってしまう。

「半休も取れないの？」

「事前にわかっていれば調整できるけど、今日の明日では無理だって」

「まったく……とんでもないところで働いているのね」

常に忙しい職場ではあるが、病気や急を要する用事が入ってしまった時に休むのは仕方ないだろう。だが、「妹の身代わりとしてお見合いするので休みます」はさすがに許されない、というよりそんな理由で同僚に迷惑をかけたくないのが本音だった。

「仕方ないわね。十九時半に始まるから、絶対に遅れるんじゃないわよ」

「……わかった」

「くれぐれも今日みたいに無駄な残業をしないこと。いいわね！」

服装はどうするのかと思っていると、佑衣音と奏美が行きつけにしている美容院で着付けとメイクの予約をしていると言われた。そうなると定時ダッシュでもしない限りとても間に合わない。佑衣香は明日やるべき仕事を頭の中で列挙してみた。

幸か不幸か、絶対に片付けなければいけないタスクを超特急で終わらせれば、ぎりぎり間に合うだろう。但し、昼食の時間を犠牲にするのが条件だ。

佑衣香の零した溜息を完全に無視し、母親は用が済んだとばかりに回れ右をした。

「お相手の釣書は部屋に置いておいたから、ちゃんと憶えていくのよ」

返事を待たずさっさと階上の寝室へ戻っていく背を見送り、佑衣香は更に重くなった足を引きずるように自室へと向かった。

言われた通り、デスクに置いてあるノートパソコンの上に薄い冊子が重ねられている。ショルダーバッグを壁のフックに引っかけながらそれを手に取り、少し雑に表紙を開く。随分と上等な紙を使っているなと思いつつ薄紙をめくると、こちらをまっすぐに見据える美丈夫と目が合った。

太めの首とがっしりとした肩幅から察するに、妹のお見合い相手は大柄な人物のようだ。顔立ちは整っているが、笑顔の気配は微塵も感じられないのでやや怖い印象を受けた。

「六路木《ろくろぎ》って……『六路木ケミカル』の？　大企業じゃない」

写真の彼の名前は六路木礼悠《あやちか》。

年齢は佑衣香の四つ年上の三十歳。バイオケミカル分野の国内最大手企業である「六路木ケミカル」の開発部門で専務を務めている。この年齢で役員とは、いくら創業者一族に名を連ねているとはいえ相当優秀な人物なのだろう。

佑衣香の亡父、辰彦《たつひこ》は農業用飼料を製造、販売する「あさぎり興産」という会社を経営していた。今は副社長だった叔父が社長に就き、一つ年下の弟である千隼《ちはや》が後を継ぐために修業中だ。

おそらくこの縁談は叔父のお膳立てなのだろう。最近は安価な海外製品にシェアを奪われつつあると聞いている。だから六路木ケミカルとの繋がりを作り、世界に張り巡らされている六路木のネットワークを使い、新たな販路を確保しようと考えているのだろう。

そして叔父が二人の姪のうち、仕事漬けで可愛げのない姉ではなく、大人しくて庇護欲をそそる妹を選んだのは妥当な判断と言えた。

「……とりあえず、お風呂に入ろう」

万全を期すために明日は早めに出勤しなくてはならない。だから余計なことはせずにさっさと休まないと。

佑衣香は深い溜息をつき、華々しいキャリアを書き連ねた釣書をぱたりと閉じた。

第一章　代理見合い

　翌日、赤坂《あかさか》にある高級料亭に佑衣香が到着したのは、あと二分で十九時半になる頃だった。入口に横付けされた黒塗りのハイヤーから降り立つと、女将と思しき女性が慌てた様子で出迎えてくれる。

「浅霧《あさぎり》様、お待ちしておりました」

「こんばんは。お世話になります」

　佑衣香がぎこちなく微笑むと女将が「こちらでございます」と廊下の奥を手で指し示した。彼女の様子から察するにお見合い相手はもう到着しているのだろう。申し訳ないと思いつつ、これでも精一杯頑張ったのだと心の中で言い訳をした。

　いつもより三十分早く出勤し、上司の確認が必要な書類をすべて準備しておいた。そして講義や研究の合間にすかさず捕獲しては確認してもらい、修正したり捺印をもらったりしてなんとか提出を済ませてきたのだ。

昼休みの間も必死で手を動かし、定時である十七時半に研究所を飛び出した。向かうは母と妹の行きつけである美容院。そこで顔合わせのために用意されている振袖へと超特急で着替えさせられた。

外見はそっくりだが姉妹の好みはまるで違う。妹の趣味、というより母が選んだのだろう。可愛らしさを全面にアピールした明るい桃色の振袖を見せられた時、思わず「これを着るんですか……？」と訊ねてしまったほどだ。

ただでさえ面倒な役目を押しつけられて憂鬱だというのに、寒色系を好む佑衣香のテンションが更に下がってしまった。このまま回れ右をして仕事に戻りたい気持ちでいっぱいになりながら、これまた手配されていたハイヤーへと乗り込んだ。

ここまで来たらもう後には引けない。やや早足で進む女将の後ろをついて歩きながら、佑衣香は静かに深呼吸をした。

「失礼いたします。浅霧様がお見えになりました」

案内されたのは店の奥にある離れの個室。音もなく開かれた襖の先から鋭い眼差しを向けられ、佑衣香は思わずびくりと肩を揺らす。

想像していた通り、六路木礼悠なる男性はがっしりと立派な体躯をしている。座っているので確実ではないが、身長は百八十センチを優に超えているはず。

濃紺のスーツに身を包んだ彼もまた仕事帰りなのだろう。写真よりも端整な顔にほんの少しだけ疲れの気配を滲ませていた。

「遅くなりまして、誠に申し訳ありません……」

「いえ、私が早めに来ただけですのでお気になさらず」

言葉ではフォローしているものの、低い声が機嫌の悪さをありありと伝えている。佑衣香はもう一度「申し訳ありませんでした」と頭を下げ、女将が引いてくれた椅子へと腰掛けた。

和室だがテーブル席になっているので足が痺れる心配はなさそうだ。安堵しながら背もたれとの間に手提げを置くと、彼の傍らにタブレット端末が置かれているのに気付いた。きっと待ちながら仕事をしていたのだろう。それを隠す素振りが見えないあたり、この席に乗り気ではないのが察せられた。

顔合わせはまだ始まったばかり。

だが、これはもう――終わっているも同然ではないだろうか。

状況と表情から察するに、佑衣香がどんなに早く来ていたとしても同じ反応をしたに違いない。母親にどんなふうに報告すれば機嫌を損ねずに済むか、考えなくてはならないのが今から憂鬱だった。

いっそ多忙を理由に切り上げてくれればいいのに。そんなことを祈りつつ向かいに座る

礼悠を見上げると、眉間にうっすらと皺が寄せられた。

「……六路木礼悠です」

これ以上ないほど簡潔な自己紹介に思わず「それだけですか⁉」とツッコミを入れそうになった。だが今は大人しい「佑衣音」なのだと自分に言い聞かせ、笑顔のまま軽く頭を下げる。

「本日はお忙しい中、貴重なお時間をいただきましてありがとうございます。浅霧佑衣音と申します」

佑衣香の職場の上司や同僚達はよく言えば個性的、悪く言えば曲者揃いである。常日頃から面倒な人々を相手にしているせいだろうか、その場の雰囲気と相手に合わせた言い回しは呼吸するのと同じくらい自然に口から出てくる。妹には働いた経験がないが、これくらいの挨拶は練習していると信じたい。

だが、礼悠には意外だったらしい。くっきりとした大きな目を軽く瞠ってから、ほんの少しだけ険しい気配を和らげた。

とはいえ、相変わらず友好的とはほど遠い雰囲気のままである。時間の無駄にしかならない予感でいっぱいだが、佑衣香にはどうしても無駄にしたくないものがあった。

「失礼いたします」

先ほど案内してくれた女性が小さな盆を手に入ってくる。

「お飲み物はいかがなさいますか」

受け取ったおしぼりで軽く手を拭きながら佑衣香はしばし思案する。礼悠はどうするのだろう。ちらりと様子を窺うと「はやくしろ」と言わんばかり、仏頂面でこちらを見つめていた。

「お茶をいただけますか。できれば冷たいものをお願いします」

「かしこまりました」

妹がアルコールを飲んでいる姿を見たことがない。もしかすると母に禁じられているだけなのかもしれないが、ここでは飲まない方がいいだろう。

そう言いながらもつい、佑衣香の視線は目の前にある青磁《せいじ》の細長い皿へと吸い寄せられてしまう。左から蛤《はまぐり》の佃煮、おかひじきの辛子和え、鮟肝《あんきも》、そして山葵菜《わさびな》の浅漬けが上品に盛りつけられている。

ここまでお酒を飲んでください！　といわんばかりの料理の数々を前にして、ビールか日本酒を頼みたくなるのは酒飲みとして当然の反応だろう。だが、今の佑衣香は見事なほどの空きっ腹である。この状態でアルコールを胃に流し込んだら、仕事と着付けで疲労困憊状態なのも相俟って泥酔する、もしくは寝落ちするに違いない。

残念だが我慢するしかない、と心の中で涙を飲んでいると礼悠までもが「同じものを」と頼むではないか。

「あの、私のことはお気になさらないでください」

「そうではありません。このあと会議が控えているだけです」

素っ気なく返され、佑衣香は「そうですか」と言ったきり黙ってしまう。つまり、礼悠は仕事の合間に食事がてら顔合わせをしている——いや、彼の中ではこの会食も仕事なのかもしれない。

気まずい沈黙が続く中、意味もなくおしぼりで指先を拭っていると、ようやく注文した飲み物が届けられた。

振袖なので腕を高く上げられない。目の高さにグラスを掲げて乾杯すると、綺麗な翡翠色の液体を喉に滑り込ませた。どうやら抹茶も少し入っているらしく、口の中にほろ苦さが残る。その後味でビールを頼まなかったことをはやくも後悔してしまった。

なにから手をつけようかと四つの小山を眺めていると、ことんとグラスが置かれた音がやけに響いた。

「先にお伝えしておきたいことがあります」

「……はい」

とても食事を始められる雰囲気ではない。佑衣香は箸へと伸ばしかけていた手を泣く泣く引っ込め、膝の上に乗せると背筋を伸ばした。

「貴女との結婚は仕事上の繋がりを作る名目にすぎません」

やはりそうだったのか。佑衣香は納得しながら「はい」と小さく頷いた。

「ですので、私の妻としての役目さえ果たしていただければ十分です。それ以外は自由にしてくださって構いません」

これはあくまで政略結婚。だから愛情はこちらから求めないし、そちらからも求めてこないでほしい——そう言いたいのだろう。

果たしてこの条件を母親は知っているのだろうか。とはいえ、会社の規模や影響力から判断するに、受け入れるしか道は残されていないのは明白だった。

「はい、異論はございません」

そうなのであれば、もしかすると別居婚になるのだろうか。確認しておきたい気もするが、当人が不在の場でする話ではない。詳細は日を改めて話し合いましょう、とお決まりのフレーズを心の中で呟きながら了承した。

だが、どうやらすんなり受け入れられたのが意外だったらしい。礼悠はほんの一瞬だけ動きを止めた。

「………ご理解いただけたようでなによりです」

もしかして提案を拒否されるとでも思っていたのだろうか。それで険しい顔をしていたのかもしれないと腑に落ちると同時に緊張が緩み、危うくお腹が鳴りそうになった。

取り急ぎ冷茶を飲んだがこの程度では誤魔化しきれなくなるだろう。佑衣香はにこりと微笑みながら小首を傾げた。

「あの、せっかくですから食べながらお話をいたしませんか？」

このまま顔合わせの終了を宣言されたら泣くに泣けない。もし礼悠が先に帰ると言い出したら理由をつけて居残り、今出ている分だけでも食べさせてもらおう。そんな密かな決意を知ってか知らずか、礼悠は「そうですね」と塗り箸を手にした。

やや不自然な促し方ではあったが、これでようやく食べ物にありつける。佑衣香もいそいそと箸を手にすると緑鮮やかな山葵菜を摘み上げた。

しゃくしゃくとした歯ごたえとほどよい塩気、少し遅れてツンとした辛みが鼻に抜ける。

あぁ、すっごく美味しい……！

本当は一気に食べてしまいたいけれど、仮にもここは見合いの場である。佑衣香の振舞いを理由に反故にされる結末だけは絶対に避けなければならない。

それに、ここ最近は特に忙しくて適当な食事続きだった。だからこんな高級料亭の料理を勢いよく食べたら確実に胃がびっくりするだろう。ゆっくりと、一口一口嚙みしめながら食べ進めていると、テーブル越しに探るような眼差しが向けられているのに気付いた。

しまった。食べるのに夢中で存在をすっかり忘れていた。佑衣香は箸を置いてから決まり悪そうに微笑んだ。

「申し訳ありません。実は今日、昼食を食べられなかったものですから……」

「食べられなかった、ですか？　どこか具合でも悪くされているのですか」

思わず正直に言ってしまった。これは佑衣音らしくない発言だし、このまま帰宅を促されてしまっては非常にまずい。

「い、いえっ！　その……緊張、のあまり食欲が無かった、だけです。今はもう大丈夫ですので」

咄嗟に出た言い訳にしては我ながらよく出来ているではないか。礼悠も悪い気はしなかったのか、「そうですか」と返すなり僅かに口元を綻ばせた。佑衣香もまた背中を冷たい汗が伝っていくのを感じながら、膝の上に乗せておいた懐紙で口元を拭い、控えめに微笑む。

美味しいものに気を取られてボロが出ないよう気をつけなくては。だが、食べ物に罪はないのですべてしっかりいただくとしよう。

どの酒肴も素材を活かしながらも、しっかり一流の料理人ならではの仕事がされているのがわかる味わいだった。静かに感動しながら食べ終えると、タイミングよく次の料理が運ばれてきた。

「香箱蟹《こうばこがに》の飯蒸《いいむ》しでございます」

目の前に焦げ茶色の片口小鉢が置かれ、ふわりと立ち昇った湯気から食欲をそそる香りが漂ってくる。これは実に美味しそうだ。

「もう香箱蟹の季節なのですね」

「はい。ほんの五日前に解禁されたばかりでございます」

佑衣香がこの蟹を知っているのが意外だったのか、女将は一瞬だけ面食らったような表情を浮かべた。だがそこは接客のプロである。すぐに笑顔に戻って説明をしてくれる。

「香箱蟹」とは北陸地方で獲れる本ズワイガニの雌のことで、漁の解禁期間が非常に短い貴重なものなのだ。小鉢を手に取り、銀餡を纏った紅い蟹の身を少しの緊張と共に口へと運ぶ。佑衣香は舌に拡がっていくふくよかな味わいをじっくり堪能した。

「随分と料理に詳しいのですね」

「あ、それは……」

この話を打ち明けても問題ないだろうか。僅かな思案の後、佑衣香は言葉を続けた。

「父が食道楽《くいどうらく》だったものですから、その影響でしょうか」

「なるほど」

佑衣香の父親は食べるだけでなく自分で料理をするのも好きな人だった。だから食事に行った時も味を気に入ると料理人を呼び、作り方やコツを根掘り葉掘り訊ねようとするのが思春期の頃はとても恥ずかしかったっけ。

父が心臓発作で急逝したのは佑衣香が大学を卒業する年のことだった。そこからは慌ただしくしている間に時間が過ぎ去り、こうやってゆっくり思い出すのは久しぶりな気がする。

結局、礼悠と交わした言葉はそう多くはなかった。だが、水菓子が出される頃には当初より和やかな雰囲気になっていたので、「淺霧佑衣音」の印象を損ねるようなことはなかったはず。

無理難題を押しつけられてげんなりしていたが、久しぶりに美味しい料理が食べられたのだからよしとしよう。

「本日はありがとうございました」

見送ってくれる礼悠へとハイヤーに乗り込む前に頭を下げる。次に佑衣香が彼と会うのは両家顔合わせの場になるだろう。

そもそも正式な婚約はいつなのだろうか。早めに教えてもらわないとスケジュールの調整が間に合わないかもしれない。帰ったら母親に念を押しておかないと、などと忙しく考えつつ控えめに微笑んだ。

「いや、こちらこそ」

礼悠もつられるようにふわりと笑みを浮かべる。元々が整っているだけにその破壊力は満点で、佑衣香は思わず見惚れてしまった。

この人は妹の婚約者！　そう言い聞かせて視線を引き剝がす。もう一度会釈をすると後部座席に身体を滑り込ませた。

「またお会いしましょう」

「はい、楽しみにしております」

次の機会を匂わせてくれたので、これは成功といっていいのではないだろうか。完全に姿が見えなくなると、佑衣香はぐったりと座席に身を預けた。

今日はもう遅いので美容院には戻らない。自力で着物を脱いで畳み、髪のセットも解かなくてはならない。

そして明日は出勤すると、後回しにした仕事が山積みになっているという残酷な現実が待ち受けている。

「はぁぁ……」

ぼんやりと車窓を眺めながら、佑衣香は思わず盛大な溜息を零した。

◇◆◇

降って湧いた身代わり見合いから五日後、日常に戻った佑衣香は今日もまた慌ただしく動き回っていた。

しかし、メールというものは少し目を離しただけでどうしてこんなにも溜まっていくのだろう。キーボードを叩き、急ぎの件の返信を済ませると、タイミングをはかったように電話が鳴った。

「第三研究室、浅霧です」

ディスプレイに表示された発信元は研究所が併設されている大学の教務課になっている。嫌な予感がしながら受話器を取ると、恐る恐るといった様子の声が聞こえてきた。

『あ、あの……教務課の坂出《さかいで》です』

「お疲れ様です」

『あぁ……浅霧さん。実はですね、犬養《いぬかい》教授から来年度の講義要項《シラバス》を、まだいただけていないのですが……』

「えっ、締め切りはだいぶ前でしたよね？　いつまでに出せばいいでしょうか」

できれば今週中で……という弱々しい声に思わず「それって明日ですよね!?」と心の中でツッコミを入れる。いや、出していない方が完全に悪いのだが、どうしてもっと早く教えてくれなかったのだろうか。

佑衣香はなるべく早く出させます、と伝えて電話を切り、大急ぎでファイルサーバーから去年のものを発掘する作業に取りかかった。

佑衣香の上司である犬養素彦《もとひこ》は土壌研究の傍ら、大学の農学部で教鞭を執っている。とはいえ、研究好きが災いして講義を疎かにしがちなので、教務課からはこれまでも講義日数が足りないやらなにやらで散々注意を受けてきた。

研究所の所員である佑衣香は講義に関する業務は担当外なのだが、併設機関だけにそう簡単に割り切れるものではない。のらりくらりと躱してしまう教授本人よりも話が通じるからと、いつの間にか窓口にされてしまっていた。

「もう、どこにあるの………………あぁ、あった」

決めてあるはずのファイルの命名規則を完全に無視しているので、まずはそれを修正する。そして開いてから印刷し、クリップボードに挟むと上司の部屋へと大急ぎで向かった。

「失礼します。教授、これを終わらせてから測定室に行ってください」

「えぇ……僕、すぐに確認したいサンプルがあるんだけどな」

「こちらの方が間違いなく急ぎです」

サンドイッチを齧っている壮年の男性へクリップボードごとずいっと差し出すと、あからさまに面倒くさそうな顔をされた。ふと時計を見ると時刻は正午を少し回っているではないか。この調子では今日もまた仕事をしながらの昼食になりそうだ。

「講義要項です。教務課から催促がありました」

「あー！　あったねそんなの。いやぁ、学会の準備が忙しくて忘れてたよ」

頭をがしがしと掻きながらも悪びれた様子はない。これは絶対に預けていったらやらないパターンだ。壁際にあったパイプ椅子を上司の隣まで引っ張っていくと、白衣の胸ポケットからボールペンを取り出した。

「それではさっさとやってしまいましょう」

「いや、僕は実験の続きを……」

「これを終わらせれば行けますよ。えーと、まずは概要ですね」

上司の抗議をすげなくあしらい、佑衣香は紙に書かれた文字を読み上げていった。

犬養教授が助手から解放されたのはそれから一時間後のこと。佑衣香は嬉々とした様子で測定室へと向かう背を見送った。あの場所には大量の土壌サンプルが保管されていて、教授お気に入りの場所なのだ。教授室よりも滞在時間が長いので、スタッフやゼミ生の間では測定室を「犬養教授の棲家」と呼んでいるほどだ。

自席に戻った佑衣香は、赤文字で埋め尽くされた紙をデスクに置いてからコーヒーを淹れた。

「……お腹すいた」

急いで清書しなければならないが、このままではとても仕事にならない。デスクの横にある抽斗を開け、備蓄してあるブロック型のバランス栄養食を取り出した。

二本入りと書かれた袋を破り、一本をぱくりと咥えてからキーボードを叩きはじめる。

こういう時はスティック状なのがありがたい。もくもくと一気に食べきるとコーヒーで胃へと流し込み、残りの一本を咥えた。

適度なカロリーと栄養をバランスよく摂取できるので重宝しているが、元々食べることが好きなのでこれを食べるたびに虚しさがよぎる。しかも今日はひときわ味気なさを強く感じてしまうのは、きっと五日前に口にしたものが影響しているのだろう。

さすが一流料亭だけあり、どの料理も本当に美味しかった。そういえば香箱蟹だけでなく、鶉《うずら》を食べたのも久しぶりだった。あぁ、それから水菓子に出された代白柿《だいしろかき》は、とろりとした果肉が最高だったなぁ……。

うっかり思い出してしまい、より一層虚しさが募る。それと同時に食事を共にした人物までもが脳裏へ蘇り、キーを叩く指が乱れてしまった。

「…………はぁ」

あれはもう終わったこと。さっさと忘れようと自分に言い聞かせながら入力をミスした文字を消していく。

母から聞いた話によると、縁談は立ち消えになることなく無事に進められているが、具体的な日取りは未定らしい。妹のために頑張ったというのにやはり感謝の言葉はなく、むしろ先方を待たせたなんて失礼極まりないと叱られてしまった。

だが、佑衣香は母になにかを期待するのをとうの昔に諦めている。彼女にとって大事なのは身体の弱い妹と跡取りである弟の二人だけ。ドライな性格で自分に甘えてこない長女などどうでもいいのだ。

もし別居婚ではなく佑衣音が嫁入りをしたら、実家には佑衣香と母親の二人きりになってしまう。どうせお互いに不干渉のままだろうが、更に居心地が悪くなるのは目に見えていた。

そろそろ一人暮らしを真剣に考えようと思いながら講義要項を修正し、教務課へ詫びの言葉と共にメールで送信した。

「浅霧さーん、木多《きた》君ってどこにいるかわかる？」

「えーと……少し待ってくださいね」

顔見知りの研究員が開け放したままの扉からひょっこりと顔を出した。コーヒーを淹れ直していた佑衣香はマグカップを手にデスクへと戻る。

第一研究室の助手である木多拓己《たくみ》とは席が隣同士だ。そう言われてみると、出勤した時に言葉を交わしたきり姿を見ていない気がする。彼もまた研究に没頭するタイプなので実験室にでも籠っているのかもしれないと思いつつ、マウスを操作してスケジューラーを開いた。

「今の時間は……『研究所の案内』っていう予定が入っていますね」

案内ということは来客の対応をしているのだろうが、彼とは所属している研究室が別なので、仕事上での関わりは皆無に等しい。だから誰の相手をしているのかまでは残念ながらわからなかった。

「それ、何時に終わる予定？」

「もう少しみたいです。戻ってきたら連絡するよう伝え……」

不意に廊下が騒がしくなり、訪ねてきた研究員が慌てた様子で顔を引っ込める。誰が来たのか怪訝に思っていると、当の木多が第一研究室の室長を兼務する所長と共に入ってきた。

「そしてこちらが、第一から第四研究室の助手の部屋です」

案内って、ここも見せるの⁉　佑衣香は素早く周囲を見回して機密文書が出ていないのをたしかめ、念のために手元のクリップボードを伏せてから姿勢を正した。

入室してきた人達は全員スーツを着ているから、どこかの企業の視察だろうか。はやく終わってくれるのを密かに祈っていると、扉の陰になっていた場所からがっしりとした男性が姿を現した。

「えっ……」

思わず零した驚きの声は、幸いにして誰の耳にも届かなかったらしい。

どうして、この人がここに？

五日前に二人きりで食事をした妹の結婚相手は周囲を軽く見回し、壁にかけられた大きなモニターを興味深げに眺めていた。

突然のことで焦ってしまったが、今の恰好では絶対に気付かれないだろう。あの時とは違い、必要最低限のメイクに野暮ったいパソコン用眼鏡、そして無造作に後ろで一つに結んだだけの髪はパーマが取れかけている。白衣の下はサックスブルーのブラウスにベージュのワイドパンツという出で立ちなのだ。

こんな雑然とした場所で働く地味な女性所員が、まさかあの華やかな振袖を纏って会席料理に舌鼓を打っていた相手だとは夢にも思わないだろう。

それでも警戒するに越したことはない。佑衣香はできるだけ目立たないよう、軽く俯いたままパーティションの陰になる位置へ静かに移動した。

「あの人達って誰でしたっけ？」

「ほら、研究所《うち》と共同研究をする会社が視察に来るって、ちょっと前に周知メールが来てたじゃない」

「あぁ！　今日だったんですね。すっかり忘れてました」

第二研究室の助手二人のひそひそ話に耳を傾け、同じように忘れてた、と心の中で呟く。そのメールには企業の名前も書いてあったはずだが、斜め読みしただけですぐフォルダに放り込んだ気がする。

「ここに映っているものはなんでしょうか」

「実験室で測定しているものをモニタリングしています。えぇと、ちょうど出ているのは第三研究室ですね……浅霧さん」

「は、はいっ」

所長に名を呼ばれ、佑衣香は反射的に返事をする。部屋中の視線が集中しているのに気付いて姿勢を正した。

「これは犬養君が実験しているものだよね。説明を頼むよ」

「はい。現在は土壌の生分解《せいぶんかい》……微生物によって有機化合物が無機物まで分解される際の温度変化を計測しております」

どこまで詳しくすればいいのかわからず、とりあえず一般の人でもなんとなく理解できるように説明してみた。もう少し専門的な方が良かっただろうか。所長をちらりと見てみると満足そうに頷いてから後を引き継いでくれた。

「数値は自動的に記録していますが、異常が起こった際もアラートが表示されるようになっております」

「なるほど。効率的ですね」

これでもう佑衣香は用済みだろう。ずれた眼鏡のフレームを指で押し上げていると、こちらに探るような眼差しを向けられていることに気がついた。

もしかして、名前で気付かれた……？　このまま目を逸らしたら後々に影響があるかもしれない。とりあえず小さく会釈したものの、礼悠は佑衣香の傍らにあるデスクへと視線を移していた。

そこに置かれているのは——バランス栄養食のパッケージ。空の袋も放置したままなので、ついさっきまで食べていたのは一目瞭然だ。

「次は実験室をご覧いただきましょう」

所長が朗らかに告げると一行がぞろぞろと部屋から出ていく。礼悠もまた佑衣香を顧みることなく踵を返し、足早に去っていった。

きっと彼はこんなもので食事を済ませる佑衣香に呆れたのだろう。もちろん時間があればそうしたいが、文字通り背に腹は代えられないのだ。

とはいえ、なんとか危機は脱したらしい。礼悠は佑衣香が先日、お見合いの席で食事をした相手だとはまったく気付いていない様子だった。

佑衣香はオフィスが日常へ戻っていくのを眺めながら、ほっと安堵の溜息をついた。

◇◆◇

どうしてこうなった――――。

佑衣香は鏡の前に座るなり、零れそうになった特大の溜息をそっと噛み殺した。

もうこの美容院に来ることはないと思っていたのに、どうしてまた可愛らしいワンピースを着る羽目になったのか。思わず遠い目になっていると、後ろからおずおずといった様子で話しかけられた。

「佑衣香様。髪型はいかがいたしましょう」

「あー……まとめ髪にした方が誤魔化しやすいですよね」

「はい。そうしていただけますとありがたいです」

「じゃあそれでお願いします」

母と妹が行きつけにしているだけあり、美容室のスタッフは事情を知っている。前回の準備の際は、双子の姉を妹の装いにできるだけ近付けるよう厳命されたと言っていた。妹はストレートヘアなので、下ろしたままにするにはヘアアイロンで残っているパーマの部分を伸ばさなくてはならない。それよりもまとめてしまった方が手間も時間もかけずに済むだろう。

ほっとしたような顔で「かしこまりました」と告げた女性がヘアアクセサリーを用意すべく去っていった。

今日は日曜日。実験データの整理に土曜日を費やしてしまったので、昼過ぎまで惰眠を貪るつもりでいた。だが、十時を少し過ぎた頃に部屋へ乱入してきた母親によって叩き起こされたのだ。

なにか緊急事態でもあったのかと思いきや、開口一番こう告げられた。

「佑衣音がね、頭が痛いと言っているのよ」

「……そう」

幼い頃から身体が弱かった妹にはかかりつけ医がいる。曜日や時間などお構いなしに呼び出される彼に同情しながら欠伸交じりに返すと、またもや耳を疑うような命令が下された。

「だから、六路木さんとの食事会にはあんたが行ってきなさい」

「えっ、また!?」

ぼんやりしていた頭が一気に覚醒し、つい大きな声が出てしまった。驚くのは当然だというのに母は不快そうに顔をしかめる。

「佑衣音が寝ているんだから大きな声を出さないでちょうだい」

「顔合わせじゃなくて食事でしょ？　キャンセルすればいいじゃない」

「心証を悪くするわけにはいかないと、この前も言ったでしょ!?」

いや、どう考えても身代わりを立てる方が失礼だろう。佑衣香がやんわりと反論したものの「ただ話を聞いていればいいだけ」だの「お姉ちゃんでしょ？」と、前回と同じ主張が繰り返されるだけだった。

「いやいや……勘弁してよ。六路木さんが研究所にも時々来てるって話をしたよね？」

まだ正式決定はしてないようだが、六路木ケミカルとの共同研究は具体的な話が進められているのだ。その打ち合わせに参加しているらしく、訪問はあの時限りだと思っていた礼悠の姿を研究所で時折見かけるようになっていた。

しかも研究には佑衣香の上司も参画することが急遽決まってしまった。そうなれば必然的に佑衣香と接触する機会があるのだと事前に母親へは伝えておいたのだ。

これから頻繁に顔を合わせるかもしれない相手を騙すのは大いに気が引けるし、万が一にも身代わりがばれたら一大事だ。そんな切実な思いも、佑衣音第一主義である母親にはまったく伝わらなかった。

「どうせあちらは気付かないわよ。まだ佑衣音とは顔を合わせていないんだから」

「いや、だから……」

「とにかく！　十五時に美容室へ行きなさい、いいわね!?」

そろそろ医者が到着するからと、母親は反論する暇もなく去り——今に至る。

しかも今回は美容院にすら姉の方が行くことを連絡していなかったらしい。佑衣香が決まり悪そうに来店すると、顔合わせの時にお世話になったスタッフ達が唖然としていた。

これを着ていくように、と渡されたのは白地にコーラルピンクの花が散らされた可愛らしいギャザーワンピース。同じ顔の妹が似合うのだからおかしくはないものの、好みではない色と形の服を着ているせいでどうにも落ち着かない。

メイクもヘアアレンジも服に合わせているので、鏡に映された姿はまるで自分ではないような錯覚に陥ってきた。

「いかがでしょうか？」

「はい。佑衣音っぽくていいと思います」

おどけた口調で返すとスタッフ達が苦笑いを浮かべる。結果的に詐欺の片棒を担がせるような形になって申し訳ないが、こうなったらもう妹になりきるしかない。

今回は神楽坂《かぐらざか》にほど近いスペイン料理店。幼い頃に一度だけ父に連れられ、貸し切りのパーティーに参加したことがあるだけなので、どんな美味しい料理が出てくるのかだけが唯一の楽しみだった。

「お世話になりました。いってきます」

「佑衣香様、お気をつけていってらっしゃいませ」

呼んでもらったタクシーに乗り込み、美容院を後にする。今回は待ち合わせの時間には十分間に合うだろう。

あぁ、本当ならのんびりして明日からの英気を養うはずだったのに。あえなく散っていった少ない休みを心の中で嘆きながら、佑衣香は夕暮れに染まりはじめた街並みを眺めていた。

無事に約束の十五分前に到着して予約名を伝えると、またもや店の奥にある個室へと案内された。二人で食事をするにはあまりにも広すぎる場所だが、中庭に面しているので景色が楽しめるのはありがたい。

一度は着席したものの、佑衣香はバッグを椅子に置いたまま窓際へと向かった。色とりどりの花で彩られている庭は丁寧に手入れがされている。花壇の表面を木の皮のようなものが覆っているのだが、あれはなんだろう。

興味をそそられるが、残念ながらここから外には出られないようだ。チャンスがあれば帰りに立ち寄ってみよう、と密かに決意すると、礼悠の到着が報された。

席に戻る間もなく扉が開き、チャコールグレーのスリーピーススーツを纏ったがっしりとした男が姿を現した。窓を背に思わず見惚れた佑衣香だが、すぐさま我に返って「こんばんは」と両手をお腹の前で揃えてお辞儀をする。

「お待たせして申し訳ありません」

「気になさらないでください。お庭がとても素敵だったので、楽しませていただいておりました」

興味を向けた箇所は一般的ではないかもしれないが、素晴らしいと思っているのは本当だ。佑衣香の言葉にウェイターが嬉しそうに微笑んだ。

「おそれいります。ちょうどクリスマスローズが見頃となっております」

そういえば、佑衣音の趣味は「生け花」だと伝えてあると聞いた。習っているという話は聞いたことがないが、もしかすると最近になって始めたのかもしれない。図らずも植物に興味があるように装えたのではないだろうか。

「すみません。あの、土の上に敷き詰められているものはなにかご存じですか？」

ついでといった様子で一番気になっていたものを訊ねてみた。まさか花以外の質問をされると思わなかったのか、ウェイターは少し戸惑ったような表情を浮かべた。

「たしか……バークチップ、というものかと」

「あぁ、やっぱり木の皮なのですね」

木の皮《バーク》は保温と保湿に優れているので土の凍結や乾燥を防いでいるのだろう。見た目も良くなって一石二鳥だな、と佑衣香は納得しながらお礼を告げ、席に戻った。

向かい合わせに座った礼悠は前回よりも幾分か纏う雰囲気が柔らかくなっている。もしかすると人見知りするタイプなのかも？　そう思うと厳つい顔立ちにも緊張しなくなってきた。

このレストランの売りは創作スペイン料理である。どんなものが出てくるのか今から楽しみで仕方がない。

佑衣香はまたもやワインを飲みたい欲求を必死に抑えると、炭酸《ガス》入りのミネラルウォーターを注文した。

「そういえば、貴女のお姉さんにお会いしましたよ」

食事も終盤に差しかかった頃、遂にその話題が振られた。ちゃんと心構えはしていたが、やはり心臓がぎゅっと縮み上がる感覚に襲われた。だが、ここで動揺を見せては一巻の終わりだ。佑衣香はイベリコ豚の炭火焼きに添えられた焼き野菜《エスカリバーダ》をナイフで切っていた手を止め、穏やかに微笑んだ。

「はい、聞き及んでおります。姉の勤め先と共同研究をなさるそうですね」

やっぱり気付かれていたか。それでも接触してこなかったのは、政略結婚をする相手の姉など関わるだけ無駄だという判断からだろう。むしろ話しかけられたら同僚からどういう関係なのかと問い詰められて面倒だったに違いない。

綺麗な焼き目のついたパプリカをぱくりと口に入れる。黒にんにくとシェリー酒の効いたソースが美味しい。静かに感動しながら咀嚼《そしゃく》する佑衣香へと、テーブルの反対側から探るような眼差しが向けられた。

「お二人はあまり似ていらっしゃいませんね」

「はい。服の趣味もまったく違いますので、親戚からは見分けるのが簡単だと言われています」

双子というとお揃いの服を着せられがちだが、佑衣香と佑衣音の場合はまったくそのようなことがなかった。

生まれた時間は変わらないというのに、佑衣香は常に「長女」として扱われていた。母親からは幾度となく「姉なのだから、妹や弟の面倒を見なくてはならない」と言い聞かせられ、甘えることは許されなかった。

だからといって佑衣香は寂しい幼少期を過ごしたわけではない。身体の弱い妹につき添って滅多に外出しない母親に代わり、仕事の合間に父親が色々な場所へ連れていってくれた。

姉妹でありながらあまりにも共に過ごす時間が短かったので、むしろ普通の姉妹より関係は希薄だと言えるだろう。

「佑衣音さんから見て、お姉さんはどんな方ですか」

予想だにしていなかった問いにグラスへと伸ばした手が止まる。そんなことを訊いてどうするのかと勘ぐってしまいそうになったが、単なるコミュニケーションの一環にすぎないのだろうと思い直した。

「実は、あまりよくわからないのです」

「と、いいますと？」

自分自身について、妹の立場から話す日が来るなんて思わなかった。炭酸水を一口飲んでから、佑衣香はほんのり苦笑いを浮かべる。

「学生の頃から忙しい人だったのでほとんど家にいないのです。だから、話す機会があまりなくて……」

奏美たっての希望により、幼稚園から大学までのエスカレーター式の女子校に通っていたが、佑衣香は中学卒業を機に公立高校へ進む道を選んだ。

これまでだってまったく一緒に通学していなかったというのに、佑衣音が可哀そうだと随分と非難されたのを今でも憶えている。思えばあの頃から妹との会話が激減したのかもしれない。

佑衣香の選んだ高校は進学校として有名で、通常の授業が終わってからも希望者は居残りして補講が受けられた。家にいると煩わしいことばかりだった佑衣香は毎日のように受講していたのだ。

しかも自宅から学校までは電車を乗り継いで一時間半。帰宅は深夜と呼べる時間帯になっていたが、不思議とそれを辛いと思うことはなかった。

そして大学では少しでも興味がある講義を片っ端から受けていた。三年生になってゼミに入ると教授や先輩達の実験を手伝わせてもらっていたし、休日は朝から晩までアルバイトをしていた。そんな生活で家にはほとんどいなかったので、妹だけでなく家族の誰とも滅多に会わなかった。

こんな話をすると印象が悪くなってしまうだろうか。だが、ここで誤魔化したところでいずれは気付かれるのだから、正直に伝えておくべきだと判断した。

「あっ、ですが、仲が悪いわけではありません」

顔を合わせれば普通に話をするのでそう補足すると、礼悠は「そうですか」と小さく頷いた。どうやら納得してくれたらしい。

長女の佑衣香は淺霧家にとってデリケートな存在だと判断したらしい。その後は話題に上ることなく二回目の食事会も終了した。

今日は自宅まで送ってくれるという。この場合は断るのはかえって失礼だろうと思い、二人揃って店のエントランスまでやってきた。

「礼悠様、あの……」

運転手が素早く近付いてくると礼悠に耳打ちしている。徐々に表情が険しくなっていく様子から察するに、なにかしらのトラブルが起きたのだろう。

もしかして……身代わりがばれた、とか？

後ろめたいことがあると、どうしても嫌な想像をしてしまう。佑衣香はにこやかな表情を頑張って維持していたものの、いつの間にかバッグの持ち手をきつく掴んでいた。

幸いにしてそれは杞憂だったらしい。運転手との話を終えてこちらへやってきた礼悠は眉を下げ、すまなそうな表情を浮かべていた。

「申し訳ありません。急ぎで会社に戻らなくてはならなくなりました」

「まぁ、それは大変ですね」

日曜の夜でも容赦なく呼び出されるのは礼悠も同じらしい。役員である彼が行かなくてはならないのだから、深刻な事態が起こっているのだろうと察せられる。早く解決することを祈りつつ答えると、大きな手が胸ポケットからスマホを取り出した。

「車を手配しますので、少しお待ちいただけますか」

「いえ、必要ありません」

「でしたら、タクシー代を……」

「結構です。自分の家に帰るのですから自分で払います」

送っていけませんせんごめんなさい、で終わる話かと思いきや、礼悠は随分と律儀な性格をしているようだ。そこまでしてもらう義理はないと咄嗟に断ってしまったが、すぐにしまった！　と内心で頭を抱える。

家格からすれば六路木家の方がはるかに上である。彼からの申し出を断っただけでなく、「自分で払う」と主張するのは失礼だったのではないだろうか。

恐る恐る見上げた先では礼悠が虚を突かれたかのように目を丸くしていた。だが、すぐさまふっと小さく息を吐くと淡い笑みを浮かべる。

「どのようにお帰りになる予定ですか？」

「えっと……まだ時間も早いですし、地下鉄を使おうかと思っています」

最寄り駅までは十分ほど歩くが、いい腹ごなしになるだろう。佑衣香が正直に伝えると、それならせめて駅まで車で送らせてほしいと押し切られてしまった。

「乗り換えは大丈夫でしょうか」

「はい。検索すればすぐにわかりますので」

佑衣音は相当な箱入り娘なので心配されるのも無理はない。だが、佑衣香は普段から公共交通機関を利用する生活をしているので、ここからのルートはおおよその見当がついていた。

　ほどなくして駅の出入口へと車が横付けされる。礼悠が先に降りると、こちらへと手を差し伸べてきた。これがエスコートというものか、と密かに緊張しながら指先を恐る恐る乗せてみる。

「今日はありがとうございました」

「こちらこそ。予定が変わってしまい申し訳ありません」

「いえ。お仕事頑張ってください」

　にこやかに別れの挨拶を交わしているが、なぜか指先はしっかりと握られたまま。こちらから離すものなのだろうかと考えているうちにそっと持ち上げられた。

　礼悠が軽く身を屈め、手にしたものに唇を寄せる。指の第二関節あたりに柔らかな感触が押し当てられた。

　不意の接触にぶわりと頬が熱くなる。なにか言おうと唇を薄く開いたものの、結局そのまま閉じるだけで終わってしまった。

「また、近いうちにお会いしましょう」

「……は、い」

　ふっと細められた瞳の奥には相変わらず鋭い光が宿っている。この胸の高鳴りは決してときめいたのではなく、まるで肉食獣に捕捉された獲物のような気分になったからに違いない。

佑衣香は大きな手に促されるまま駅の階段に向かって歩き出す。

その後ろ姿を食い入るように見つめられていたことなど知る由もなかった。

◇◆◇

その日の佑衣香はいつもと変わらず仕事に追われていた。提出するように頼まれた経費申請書を手に上司の部屋を訪れる。一応の礼儀として扉をノックしたが、返事を待たずに開いて足を踏み入れた。

「犬養教授、この機材パーツは消耗品費ではないと何回いえ……」

手元に視線を落としていたので来客に気付くのが一瞬遅れてしまった。佑衣香は咄嗟に口を噤み、「失礼しました」と軽く頭を下げる。

危ない危ない、もう少しでお客様の前で教授を叱ってしまうところだった。

しかも相手は例のプロジェクトの関係者のようだ。こちらを見つめる視線の中からひときわ鋭い眼差しを見つけ、思わず目を伏せてしまった。

これは出直した方がいいだろう。廊下へ一歩後ずさると、暢気《のんき》な声で名前を呼ばれた。

「あぁ、浅霧さん。ちょうどよかった。ここに載っている薬品を使う場合ってさ、なにか手続きが必要だったっけ？」

「……拝見します」

犬養教授は飄々《ひょうひょう》とした様子で書類を差し出した。右上に六路木ケミカルのロゴが入っている研究計画書を受け取り、眼鏡のフレームを指で押し上げながらリストへと素早く目を通した。

「そうですね。必要なものが含まれておりますので、まとめて使用申請を出した方がよろしいかと思います」

「どれくらいかかる？」

「実施計画書に不備がなければ一週間ほどで通ります。その際、お手数ですが使用する薬品のメーカーと正式な商品名、そして規格番号をお知らせいただけますと助かります」

「なるほど。承知しました」

六路木ケミカルの研究者らしき人物が頷き、手にしたタブレットへなにかを打ち込んでいる。きっと忘れないようメモしてくれているのだろう。佑衣香は計画概要を斜め読みしながら更に口を開いた。

「あの、オゾンは使われますか？　研究所では使える実験室が一つだけですので、他の実験との調整が必要になります」

「あっ……えーと、使う場合もありますね」

「期間はどれくらいでしょう」

「十日ほどの予定です」

質問に対してすぐさま的確な答えが返ってくるのがありがたい。さすがは六路木ケミカルの社員だと感心していると、ずっとやり取りを黙って見守っていた礼悠が口を開いた。

「こちらの件は助手の皆さんにも共有した方が良さそうですね」

「あぁ、そうしていただけると助かります。僕はメールのチェックをこまめにするタイプじゃないもので」

こまめじゃなくてしないの間違いでは？　と言いたいのをぐっと堪える。佑衣香は白衣のポケットからカードケースを取り出すと、先ほどまで話していた男性へと名刺を差し出した。

「一番下のアドレスが研究室メンバー全員に届くメーリングリストです」

「わかりました。では、こちらにお送りします」

古賀《こが》と名乗った彼がこのプロジェクトの研究リーダーだという。佑衣香が改めて挨拶すると、犬養がにこやかにやり取りを見守っていた。

「うちの研究室はですね、淺霧さんによって成り立っているんですよ」

「教授……！」

とんでもない補足に佑衣香がぎょっと目を剝いた。突然なにを言い出すのか。いや、それ以前に頼りきっている自覚があったとは驚きだ。色々と突っ込みたいが今はお客様の前なので制止するだけに留めた。

「皆さんが反応に困るような話はやめてください」

「いや、でも本当のことだからねぇ。設備に関しては淺霧さんに訊くと、一番速くて確実ですよ」

「なるほど。承知しました」

内情を察知したのか、古賀が頷いてからこちらへにこりと微笑みかけてきた。

さすがに分が悪いと判断した佑衣香は会議があるので、と言い訳をして素早くその場を離脱した。

廊下を足早に進み、途中で自動販売機に立ち寄ると炭酸水を買い求める。普段はホットコーヒーを愛飲しているのだが、今は身体が冷たいものを欲していた。

「ふぅ……」

その場で一口飲んで思わず溜息を零す。ようやく鼓動が落ち着いてきた。

ペットボトルを持つ右手を見つめると、ここに押し当てられた感触が嫌でも蘇ってくる。あれは佑衣音に対してであって、決して佑衣香に与えられたものではない。何度もそう言い聞かせたお陰でなんとか乗り切れた。

話をしていないし、あのがっしりとした体軀をできるだけ視界に入れないようにしていた。だというのに、礼悠と同じ空間にいるだけでどうしても言動がぎこちなくなってしまう。

動揺を悟られないようについつい早口になってしまったが、誰も気に留めていなかったのが唯一の救いかもしれない。

当然ながらあの出来事は母親にも報告していない……というより、報告した時の反応が恐ろしくてできなかった。

とはいえ、これから妹と彼は夫婦となり、それ以上のことをするのだから伝えなくても問題ないだろう。

残る課題は礼悠と顔を合わせても平静を保てるようになるだけ。

どうせ時間が解決してくれるという考えが甘かったと痛感したのは、この日の夜のことだった。

◇◆◇

「佑衣音がしばらく入院することになったのよ」

二日前から微熱があったので検査も兼ねて大事を取るらしい。憂い顔で語る母、奏美を前にしてまたもや嫌な予感をひしひしと感じてきた。

「そうなんだ。なにもないといいね」

「本当にあの子は繊細で心配だわ。あんたの丈夫さを少し分けてほしいくらいよ」

分けられるものならとっくの昔に分けている。さっさと会話を終わらせてこの場から立ち去りたい佑衣香へと、またもや死刑宣告に等しい命令が下された。

「土曜日に六路木さんから展示会のお誘いを受けているの。だからお願いね」

「……あのさ、結婚した後はどうするの？　さすがに誤魔化すのは無理でしょ」

そもそも佑衣音は身体が弱いというのを先方に伝えているのだろうか。この人の性格上、言ってないだろうなという予想は的中していたらしい。きっと眦《まなじり》を上げて睨みつけられた。

「そんなものはどうとでもなるでしょ！」

「ならないから今こうやって……」

「あんたが心配する話じゃないの。いいから言う通りになさいっ！」

仕事で疲弊しきった身体に金切り声は堪える。肩からずり落ちたバッグを抱え直した佑衣香は「わかったよ」と渋々了承した。

「六路木さんが協賛している催しに行かれるそうよ。くれぐれも粗相のないようにしてちょうだい」

待ち合わせの詳細を記したメモを押しつけてくるなり、奏美はさっさと背を向けて廊下を進んでいく。

——そんなに心配ならキャンセルすればいいじゃない。

咄嗟に出てきそうになった言葉を飲み込み、佑衣香は自室へと向かった。

催しの内容によっては少しくらい興味を持てるかもしれない。なんとか前向きになれる要素を見つけようとしたが、メモに記された「フラワーフェスティバル」の文字にがくりと肩を落とした。

きっと礼悠は婚約者の趣味が生け花だと知った上で、このイベントを選んでくれたのだろう。そんな配慮までも無下にすることになるのかと、申し訳ない気持ちでいっぱいになる。

本当は今度の土曜日は出勤し、実験で使う器具をメンテナンスするつもりだった。きっと主に精神的に疲れるだろうから日曜日はしっかり休みたい。

「はぁ……来週に回すしかないか」

来週は来週でやることがあったのだが、それもまた延期するしかなさそうだ。

妹の結婚が決まって以来、予定を乱されてばかりいる気がするのは決して被害妄想ではない。

しかし、結婚する当人は婚約者とまったく顔を合わせていないことを気にしていないのだろうか。身代わりでお見合いして以来、佑衣音とは一度も会っていないので知りようがなかった。

この点について奏美に軽く訊ねてみたものの、いつも通り「あんたが気にすることじゃない」と一蹴されてしまった。

とにかく佑衣音には一日も早く回復してもらって、こんな茶番を終わらせてほしい。

佑衣香は地を這うような溜息をついてから浴室へと向かった。

そして、約束の土曜日――。

「いってきまーす……」

佑衣香は無人の玄関に告げると鍵をかけた。母親は妹の看病で不在、通いの家政婦も休みを取っているが幼い頃からの習慣が抜けきらないままだ。年季の入った門扉を開くと、すぐ傍の路肩に見覚えのある車が停まっていた。

「えっ…………」

まだ約束の時間まで五分ほど残っている。早めに出て外で待っていようと思っていたのに、先に待たれているとは想定外だった。驚きの声を漏らした佑衣香の前で後部座席の扉が開き、妹の婚約者が姿を現した。

「こんにちは」

「こ、こんにちは。随分と早いお着きですね」

「申し訳ありません。もう少ししたらお迎えにあがろうと思っていたのですが」

今日も礼悠は逞しい肉体を明るいグレーのスーツで包んでいる。休日とはいえ、協賛しているイベントに行くのであればあまりラフな恰好はできないのだろう。そのかわり、ネクタイやポケットチーフに緑とローズピンクのストライプ柄を持ってくるあたりに遊び心が窺えた。

すっと差し伸べられた手に思わず身構える。だが、妹の婚約者は穏やかな微笑みを浮かべたまま、じっとこちらを見つめているだけだった。

――大丈夫。これはただエスコートをしてくれるだけ。

緊張する必要はないと自分に言い聞かせ、大きな手に同じものを重ねる。やんわりと握り込まれてから軽く引かれ、車の方へと導かれた。

「会場までは三十分ほどかかる見込みでございます」

「わかりました。今日はどうぞよろしくお願いします」

運転席に座っている人物が食事会の時と違うのは、複数人で担当しているからだろうか。佑衣香が挨拶と共に軽く頭を下げると、壮年の運転手が軽く目を瞠ったのがルームミラー越しに見える。なにかおかしな真似をしただろうか。

「ご丁寧にありがとうございます。こちらこそよろしくお願いいたします」

先ほどより更に笑みを深めた運転手が発車を告げる。この反応、もしかして良家のご令嬢は運転手に挨拶はしない……？　マナー違反かもしれないと密かに焦っていると隣から小さな笑い声が響いた。

「運転手まで気にかけていただいてありがとうございます」

「あ……いえ、運転の邪魔をしてしまいましたね。失礼しました」

「とんでもありません」

よかった。マナー違反をしたのではなく、単に意外だったからのようだ。

隣を向いた途端、ストレートの長い黒髪がさらりと揺れる。

どうせウェーブは取れかかっていた。近いうちに痛んでいる毛先をカットして、パーマをかけ直そうと思っていたが、それをストレートに戻したのだ。

突然の方針転換には当然ながら妹が大きく関わっている。なにせ土曜日の待ち合わせは十三時で、しかも自宅まで迎えに来ることが決まっていた。これまでのように美容院に行ってヘアセットやメイクをしてもらうとなると、遅くとも十時には一旦出掛けなくてはならない。

頼み込めば出張サービスを引き受けてくれたのかもしれない。だが、そこまでするのは大いに気が引けた。

そんな事情もあり、今回は自力で身支度をするしかないと覚悟をきめ――前日に職場近くの美容院で高校生の時以来のストレートヘアにしたのだ。

　これで外見はすっかり妹と同じになった。少々癪な気もするが、睡眠時間の確保と手間が省けたのだからこれでよしとしよう。半ば無理やり自分を納得させ、佑衣香は今日も背中に可愛らしいレースがあしらわれたオレンジピンクのワンピースへと袖を通したのだった。


「今日は天気が良くて助かりました」

「そうですね。野外の展示も楽しみです」

　名称通り「花」がメインなだけあり、イベント会場の中とは別に、駐車場に造成された庭園が目玉だとサイトに載っていた。二週間という微妙な会期でどうやって綺麗な状態を保つのだろう。どんな土をどれくらい使っているのか、機会があれば探ってみるつもりだった。

「………失礼」

　礼悠が胸ポケットからスマホを取り出し、ディスプレイを見るなりすっと眉根を寄せた。どうやら厄介な相手のようだ。佑衣香がどうぞ出てください、とジェスチャーで示すと険しい表情のまま応答した。

「Hi, Dave. I'm off today. You can talk to me on Monday...okey.Just a little bit.」

　今日は休みなので日を改めるように伝えたが相手は引かなかったらしい。スマホからは大声で捲し立てる男性の声が漏れ聞こえてくる。礼悠がこちらを見遣ったのを感じ、にこりと微笑んでから視線を車窓へと向けた。

佑衣香も仕事柄、英語でやり取りしなければならない場合がある。だが会話は挨拶とお決まりのフレーズが限界で、読み書きに至っては翻訳サイトが頼みの綱である。それで問題は起こっていないものの、やはり臆することなく流暢なやり取りができる人を目の当たりにすると羨ましくなってしまう。

そういえば、佑衣音は短大を卒業して以降、定期的に英会話のレッスンを受けているはず。あれは花嫁修業の一環だったのかと今更ながらに納得した。

礼悠と結婚すれば、社交の場でレッスンの成果が存分に発揮できるに違いない。姉として誇らしく思いながら、その中に交じる黒い靄《もや》には気付かないふりをした。

そして三十分後――車は予定通り会場へと到着した。

一般入場の車列は途方もない長さになっているが、そこは協賛企業の役員である。あっさりと関係者専用のゲートをくぐり抜けた。

「六路木様、ようこそお越しくださいました！」

受付に向かって歩いていると、満面の笑みを浮かべた男性が駆け寄ってきた。揉み手でもしそうな勢いの彼はイベント名の書かれたストラップを首から提げている。主催団体に所属している人物なのだろうが、全力で媚を売る姿勢が少し不気味に思えた。

「是非ともわたくしめに案内役を……」

「いや、必要ない」

礼悠は下心満載の申し出を容赦なく斬り捨てる。ここまではっきり拒絶されては取りつく島もないのだろう。男は顔をひきつらせたまま言葉を失っていた。

「今日は彼女と自由に見て回るつもりだ」

「さ……さようで、ございましたか。失礼いたしました」

不意打ちで紹介されてしまい、佑衣香もまた一瞬硬直したが、幸いなことにすぐさま持ち直した。姿勢を正し、できるだけ上品に微笑んで軽く会釈する。

件の男は愛想よく微笑みながらもこちらへと無遠慮な視線を投げかけてくる。探るような目付きで上から下まで検分され、背中をぞわりと悪寒が駆け抜けていった。

「行きましょうか」

「はい。……失礼いたします」

不快感を顔に出すのはマナー違反だし、礼悠にも迷惑をかけてしまうだろう。なんとか笑顔の仮面を貼りつけたまま会場の中へと足を踏み入れた。

「わ……すごい、です」

扉を二つ抜けた先には花の香りが漂う空間が広がっている。大勢の人がひしめき合ってはいるものの、高い天井のお陰で息苦しさは感じられなかった。

イベントは「フェスティバル」と銘打っているが、実際は植物に関連する企業が出展している。だが、これまで佑衣香が参加したことのある無機質な展示会とはまったく趣が異なっていた。

「どちらの企業さんも、凝ったディスプレイをされていますね」

「ええ、出展申し込みの際に条件があったそうです」

企業名の書かれた看板はサイズが控えめで、展示されている商品もまた木花に囲まれていて前面に押し出されている印象がない。各ブースを仕切るパネルには本物の蔦が這っているが、あれはどうやって作っているのだろう。

興味を引かれ、佑衣香が手近なパネルへ近付いていくと、数歩進んだところでそっと腕を引かれた。

「あっ……申し訳、ありません」

「人が多いので気をつけてください」

角を曲がってきた人とぶつかりそうになったのを寸前で礼悠が助けてくれた。気を取り直して足を一歩踏み出そうとしたが、相変わらず腕には手が添えられたままだった。

「はぐれてはいけませんので私の腕を摑んでください」

「う……は、はい……」

礼悠の主張はもっともだ。だが、長身でがっしりとした体軀、おまけに人を惹きつけるオーラを纏った彼は遠目からでもとにかく目立つ。万が一離れ離れになったとしても、佑衣香の方からであればすぐに見つけられるだろう。

それに、現時点ですでに四方八方から視線が突き刺さっている。あのイケメンは何者だろう、どうしてあんな地味な女を連れているのかと言わんばかりの眼差しがとにかく痛かった。

本音を言えば別行動にして気楽に会場を回りたい。だが、当然ながらそんなことは許されるはずがない。佑衣香は衆目を意識の外に追い出し、展示されている商品と華やかな花々で彩られたディスプレイに集中することにした。

「おや、礼悠君ではないですか」

驚きを含んだ呼びかけに足を止めたのは、屋外の展示エリアに入ってきてすぐのことだった。

「益邑《ますむら》さん、ご無沙汰しております」

和服姿で杖をついた男性がゆったりとした足取りでこちらへ近付いてくる。やや長めの白髪の間から覗く眼光は鋭く、単なるお洒落な和装紳士でないことが察せられた。

この御仁には見覚えがある。たしか十年近く前に連れられて行ったパーティーで父と話をしていた気がする。だが、佑衣音とは面識がないはず。こういう時は余計な真似をしないに限る。佑衣香は微笑みながら「こんにちは」と挨拶してから隣を見上げた。

「私は先に庭園を見ています」

「……はい。そうしていただけると助かります」

屋内に比べてこちらはそれほど混雑していない。佑衣香は「失礼します」と紳士に会釈をしてから、無機質なアスファルトの上に突如として現れた庭園へと向かった。

歩き回るとわかっていたので、太めでローヒールのパンプスを選んで正解だった。足を滑らせないよう気をつけながら飛び石を進み、可愛らしい蔓薔薇《つるばら》が巻きついたアーチをくぐっていく。

その先にあったのは小さな四阿《あずまや》。周囲に敷き詰められているものがラベンダーだと気付き、思わずすうっと大きく息を吸い込んだ。

「……ガーデンセラピー？」

どうやらこれも展示品の一種だったらしい。四阿の片隅にあるパネルへと引き寄せられるかのように近付いていった。佑衣香は昔からこういった看板の類を隅から隅まで読むのが好きなのだ。

説明文によると、自然と触れ合い、季節を感じることで癒しが得られるという研究結果が出てきている。なんと芝生の上で過ごすだけで血圧が安定した、といった具体的な事例が挙げられていた。

緑に囲まれるとリラックスできるのは誰もが経験したことがあるだろうが、このように学術的に説明してあるものを目にするのは初めてだ。ふんふんなるほど、と心の中で頷きながら読んでいると「あの」と斜め後ろから控えめに呼びかけられた。

「よろしければガイドブックをどうぞ」

「ありがとうございます」

ここのスタッフらしき女性が抱えていた箱からパンフレットのようなものを差し出してくる。随分としっかりとした作りの冊子だが無料でもらっていいのだろうか。佑衣香が恐る恐る訊ねると、フェスティバルの来場者には特別に配っているのだと教えられた。

「この庭にお入りになってみて、気分はいかがですか?」

「ラベンダーがとてもいい香りですね。緑に囲まれるのは久しぶりなので、とても気持ちがいいです」

佑衣香の住む家にも庭がある。幼い頃はそこで駆け回って遊んでいたが、今では出掛ける時にちらっと視界の端に捉える程度だ。

そういえば最後に庭に出たのは何年前だろうか。ぼんやりとそんなことを考えながら、近くに緑があるだけでも効果がある、という説明に耳を傾けていた。

「植物は好きなのですが、世話するのがちょっと億劫なんですよね……」

「それでしたら、ハイドロカルチャーなどいかがでしょうか」

耳慣れない単語に首を傾げると、女性が笑顔で「こちらへどうぞ」と四阿の奥に続く小道を指し示した。そこには背の高い木製のラティスがあり、様々な素材や形の器がフックにぶら下がっている。

女性はその中からガラス製の小さな植木鉢を手に取った。中にはレンガ色の玉が敷き詰められている。たしかに似たようなものが雑貨店のディスプレイに使われているのを見かけたことがあるかもしれない。

「こちらは土の代わりにこの『ハイドロボール』を使っておりますので、お世話がしやすいんです」

「へぇ……これの原材料はなんでしょうか？」

「粘土です。それを高温で焼いて発泡させてあります」

つまり、このボールには小さな穴があるので空気の通りもよく保水性もある。こんなものがあるのかと感心していると、すぐ後ろに人の気配を感じた。

「あっ……」

「気にせず続けてください」

こんな近くまで来ていたのに気付かなかったとは。いつの間にか話に夢中になっていたらしい。気にせず、と許可が得られたので佑衣香は更に質問を続ける。

「根腐れなどの心配はないのでしょうか」

高温で焼いているとなると清潔ではあるが、同時に微生物も存在しないことを意味する。そうなると水中の雑菌は繁殖を続けるので根腐れを起こしてしまうだろう。女性は感心したような顔で深く頷いた。

「はい、ハイドロカルチャーは根腐れ防止剤の併用をお勧めしております。粒状のものもありますが、見た目を重視される場合は液剤にしていただくと良いと思います」

「そうなんですね」

彼女にとって佑衣香は非常にいい生徒だったらしい。ハイドロカルチャーに適した植物まで詳しく教えてくれた。

「長々とありがとうございました。とても勉強になりました」

「こちらこそ、興味を持っていただけて嬉しかったです」

普段は土のことばかり気にしているが、たまにはその上で生きる植物に目を向けるのも悪くはない。後でゆっくり読んでみようともらったばかりの冊子をぱらぱら捲っていると、こちらを見下ろす視線を感じた。

「楽しんでいただけましたか？」

「お陰様で。お誘いいただきありがとうございました」

できればこのまま現地解散にしてもらい、冊子をじっくり読みながら電車に揺られて帰りたい。当然ながらそれは実現不可能なのでぐっと堪え、来場記念でもらったエコバッグへと仕舞い込んだ。

「この後、都内に戻って食事をする予定ですが問題ありませんか」

「はい、ありがとうございます」

今夜は焼き鳥だと言われ、下がり気味だったテンションが一気に上昇していく。礼悠が選んだ店であれば間違いはないだろう。

そういえば、最後に焼き鳥を食べたのはいつだろうか。たしか休日出勤をした時に大学祭の開催日だと知り、そこの屋台で買い求めた。少し焦げているせいで硬く、甘ったるいタレの味ばかりで鶏肉の風味はまったく感じられなかったが、そんなジャンキーな感じもまたお祭りらしくて好きだった。

果たしてどんな焼き鳥が食べられるのだろうと段々と楽しみになってきた。足取りも軽く車へ向かっていると、隣を歩く礼悠がじっとこちらを見ているではないか。しまった、はしゃぎすぎたかもしれないと緩んだ口元を引き締めると、またもやくすっと小さく笑われた。

「すみません。少し……お腹が空いてきたものですから」

「いえ、楽しみにしていただけてなによりです」

良家の令嬢らしからぬ言動も許してくれるとは、礼悠は想像していたよりも寛容な人物のようだ。

――佑衣音はいい人と結婚するんだな。

喜ぶべきことだというのに、なぜか胸にちくりと痛みが走った。

行きよりも少し渋滞していたせいもあり、目的の店に到着した頃にはすっかり日が暮れていた。

ここが都内の一等地だというのを感じさせない広々とした敷地に、その焼き鳥店は静かに佇んでいる。随分と建物が新しいなと思っていると、半年前に改築したばかりだと教えられた。

「召し上がれない食材やアレルギーなどはありますでしょうか」

白木のカウンターの前には炭の敷き詰められた七輪が置かれている。もしかして目の前で焼いてくれるのだろうか。期待に胸を膨らませながらお品書きに目を通すと、佑衣香はおずおずといった様子で口を開いた。

「レバーと……あと、皮が苦手です」

「かしこまりました。では、別のものに差し替えいたします」

「すみません。お願いします」

バランスを考えて作られた献立を変えてもらうのは心苦しいが、藍色の着物姿の仲居は慣れているのかあっさりと頷いた。

本当はどちらも食べられる。むしろ大好物と言っていいくらいなのだが、佑衣音が食べられないものを口にするわけにはいかないと、心の中で悔し涙を流す。

佑衣音の好き嫌いの多さに通いの家政婦も苦労しているらしい。嫁いでからそれが原因でトラブルにならないといいのだが……。

「お待たせいたしました。蕎麦茶でございます」

からん、と錫製のタンブラーの中で氷が軽やかに音を鳴らす。なにかの手違いで焼酎の蕎麦茶割りになっていないかな、とこっそり願いながら乾杯する。うん、ちゃんとノンアルコールだ。

「それでは、お焼きいたします」

礼悠より少し年上と思しき男性がここの店主だという。きびきびとした所作で炭を整えていく姿が見ていて気持ちがいい。

焼き上がるまでどうぞ、と出された小鉢は三つ。長芋のおかか和えと松前漬け、そして板わさの切れ目には山葵漬けが入っている。

料理も飲み物もとても美味しいのに、思うように食べられないのがやっぱり悲しい。近いうちに好きな物を好きなだけ飲んで食べよう！　と密かに決意した。

「まずはささみをどうぞ」

目の前にある黒塗りの角皿に梅肉を載せた淡いピンク色の串が置かれる。しっかり炭火で炙っていたというのに、不思議と焼き色がまったくついていない。大丈夫なのかと少し警戒しながら串を取り、先端の一つを一旦皿に置いてから頬張った。

「んっ……！」

思わず漏らした驚きの声に店主が破顔し、礼悠の方を見遣る。ビールの入ったグラスを手にした彼もまた、愉しげに佑衣香を見つめていた。

「表面に、薄い膜ができているみたいです……」

「私も初めて食べた時は驚きました。あれは先代が焼かれたものでしたが」

「そうなのですね。とても美味しいです」

これまで佑衣香が食べてきたささみとは明らかに違う。肉の表面がしっかり焼き固められているせいか中身はとてもジューシーで、それでいて生焼けではないのだ。これは熱いうちに食べてしまわねば。もう一つ頬張ると、口元に笑みを残したままの店主が再び手を動かしはじめた。

「礼悠様は白レバー、そしてお連れ様はアスパラガスでございます」

アスパラガスももちろん大好きだが、隣の皿に置かれたレバーがあまりにも美味しそうで切ない気持ちになってくる。

しかし、さすがというかなんというか、礼悠の所作はとても美しい。今だって串から直接食べているというのに、まったく下品な印象を受けなかった。

次はねぎま、そして弾力のあるせせりと続いてから正肉が出される。佑衣香は新たな串が出される度に静かに感激しながら舌鼓を打っていた。

そして遂に——誘惑に負けてしまった。

「お待たせいたしました。梅酒の水割りでございます」

話の流れでアルコールはまったく飲まないのかと訊ねられ、少しだけなら飲めるが失礼があるといけないので遠慮している、と返してしまったのがいけなかったらしい。そういうことならと半ば強引に注文されてしまったのだ。

用意された梅酒は甘さが控えめで、飲むと梅の華やかな香りが鼻に抜けていく。喉を僅かに焼いていく感覚にほぅ、と思わず息を吐いてしまった。

「とても美味しいです」

「よかった。でも、無理はしないでください」

これくらいで酔っ払うはずがないが、一杯だけで留めておかないと後々に疑われてしまいそうだ。佑衣香は「はい」と素直に頷くともう一口、甘酸っぱい液体を喉へと流し込んだ。

――あぁ、やっぱり楽しいな。

ちゃんと気をつけていたはず。なのに、美味しい料理とお酒、そして料理談議に気が緩んだらしい。知らず知らずのうちにグラスを空けるペースが速くなっていた。

そして、気がつくと――。

「あ……すみま、せん」

車の揺れにつられてうとうとしていたらしい。図らずも隣に座る礼悠の肩を借りていたと気付き、慌てて体勢を元に戻した。

「大丈夫です。こちらの方が楽でしょうから、遠慮なく寄りかかってください」

そっと腕を引かれ、またもや隣に身を預ける体勢にされた。駄目だとわかっているのに抗えないのは、きっといつになく酔いが回っているせいだろう。

スーツ越しに伝わってくる熱としっかりとした弾力、そして清涼感のある香りにゆっくりと思考が溶けていくのを感じていた。

車窓を流れる景色が徐々に見覚えのあるものになってきた。ここからであれば、十分足らずで自宅に到着するだろう。

車から降りて家の玄関を開け、可愛らしいワンピースを脱げば日常が待っている。通いの家政婦は母親と妹の分の家事しかやっていない。というより、佑衣香の分までやろうとすると雇い主である母親の機嫌が悪くなるので断っているのだ。だから明日は、どんなに疲れていても掃除と洗濯をやらなくてはならない。

きっとこのワンピースもすぐにクリーニングへ出しておかないと文句を言われるだろう。ああ、そうだ。月曜日にある会議の資料のチェックも忘れないようにしないと。

「帰りたくない…………なぁ」

心の声がぽろりと唇から零れ落ちた気がするが定かでない。それにもし口に出ていたとしてもごく小さな呟きだったので誰の耳にも届いていないだろう。

目を閉じ、ふわふわとした感覚に身を委ねているると寄りかかっている身体がゆっくりと動いた。

「帰りたくないのですか?」

「ん……」

髪を撫でる感触が心地いい。思わず正直に返すと、斜め上からくすっと笑う声が降ってきた。

「今日は誰も『ブレグ』を使っていなかったはずだな」

「はい、そちらに向かいましょうか」

「頼む」

礼悠は佑衣香の髪を撫でながら運転手に命じた。もう一方の手でスマホを繰り、どこかにメッセージを送っているのがぼんやりとした視界の端に映る。会話の意味がわからないまま車がゆっくり左折した。あれ、こっちだと自宅から離れてしまうのに。

「もう少し、お付き合いいただけますか」

「……っ、……は、い」

まだ帰らないで済むのであれば願ったり叶ったりである。指先で耳を擽られ、肩をすくめた佑衣香の頭頂に柔らかなものが押し当てられた。

「着きましたよ」

耳元で囁かれ、佑衣香はいつの間にか下りていた瞼をゆっくり持ち上げる。すぐ目の前にある端整な顔立ちに思わず見入っていると、身体にカチリという振動が響いた。どうやら礼悠が佑衣香のシートベルトを外してくれたらしい。元の体勢に戻ると開かれた扉をくぐり抜け、こちらへ手を差し伸べてきた。

まだ眠りの世界から戻りきっていない佑衣香はつられるように手を伸ばす。しっかりと摑まれ、引く力に身を任せるがまま、車外へと降り立った。ここはどこだろう。周囲を見回すより先に「BREG《ブレグ》」という真っ白な飾り文字がガラス扉に描かれているのを見つけた。

そういえばさっき、礼悠が「ブレグ」と言っていた。なるほど、ここの名前だったのかと納得しながら自動扉を抜ける。その先には中世のお城を連想させる落ち着いた色合いの空間が広がっていた。

「六路木様、お帰りなさいませ」

臙脂《えんじ》色のスーツを着た男性が足早にこちらへやってくる。そして礼悠へスーツと同じ色のカードを渡し、一礼すると去っていった。あれは……カードキー？　佑衣香はそこでようやく、この場所が有名な五つ星ホテルなのだと気がついた。

「こちらです」

「あ……は、い」

摑まれていたはずの手が解放され、代わりに腰へと腕が回されている。きっと足元が少し覚束ないのを支えてくれているのだろう。佑衣香は引き寄せてくる力に抗うことなく重みを預け、エレベーターへと乗り込んだ。

「気分は悪くありませんか？」

「大丈夫、です」

むしろふわふわしていて気持ちいい。佑衣香が素直に答えると耳元で「良かった」と低い声が囁いた。初めて会った時から思っていたが、この人は身体の奥まで届く声をしている。しかも今はそこに甘さが追加されているせいか、腰のあたりにざわめきを覚えた。

エレベーターが静かに停止し、目の前に廊下が広がる。絨毯に足を取られないよう気をつけて進むと、重厚な木の扉が見えてきた。礼悠はすぐ傍の壁に埋め込まれたパネルへと臙脂色のカードをかざしてロックを解除する。かちゃりと音を立てて開かれるなり、腰を抱く手に力が籠められた。

「あの、ここは……？」

ホテルの一室であることは間違いない。だが、一般の住居のように思えてしまうのはなぜだろう。部屋を見回してようやくその理由がわかった。

「六路木で年間契約しているレジデンシャルルームです。海外からの来客があると使ってもらうことが多いですね」

礼悠はそう告げると佑衣香をソファーに座らせ、立派なカウンターキッチンへと向かっていった。大きな冷蔵庫から瓶入りのミネラルウォーターを取り出し、グラスと一緒に持ってくる。

「どうぞ」

「ありがとうございます」

隣から差し出されたグラスを受け取り、冷たい水で喉を潤すと徐々に冷静さを取り戻していった。

この状況は——非常にまずい。

近々婚約する予定の男女が二人きりで宿泊設備のある空間にいる。そうなると考えられる展開は一つだろう。

本人同士なら問題はない。だが、片方が偽物となると話は別だ。どう言い訳すれば抜け出せるかぐるぐると考えていると、ほつれて頬にかかった髪を伸びてきた指先がそっと耳にかけてくれた。

まるでそうするのが当然のような仕草が「この先」を匂わせる。軌道修正を試みるべく、佑衣香は空になったグラスを両手で握りしめた。

「あ、あの……先ほどは申し訳ありませんでした。私ったら、はしたない真似を……」

いくら政略的な意味合いの強い結婚相手だとしても、優しい彼は未来の妻に「帰りたくない」と言われたらこうせざるを得なかったのだろう。休日に関係なく電話がかかってくるほど多忙だというのに、礼悠の手を煩わせてしまったのが申し訳ない。

　車中の発言はちょっとした気の迷いだった。だからこのまま帰らせてほしい。必死で願う佑衣香の耳に届いたのは意外な言葉だった。

「はしたないとは思っていませんよ」

「ですが、あの……」

　揃えた指の背でするりと頰を撫でられ、言葉が途中で散っていく。

「食事をしている時の貴女があまりにも可愛らしくて、本心ではまだ帰したくなかった。だから、同じ気持ちだとわかって嬉しかったです」

　正直、美味しいものに感激しすぎて話の内容はあまり記憶に残っていない。だが、途中で礼悠が時折目を細め、こちらをじっと見つめていたことだけははっきり憶えていた。まさか可愛いと思われていたなんて。飲んだのは冷たい水だというのに顔がぶわりと熱くなってきた。

「す、すみません……はしゃぎすぎて、しまいまして……」

「謝る必要はありません。あの店に女性を連れていくのは少々不安だったのですが、あれほど喜んでいただけるとは思いませんでした」

　たしかに串に刺さった料理はデートで敬遠されがちだが、礼悠はあえて連れていってくれた。きっと、佑衣香であればあの店の焼き鳥を気に入ってくれると思ったからだろう。

そこまで考えた上での選択だったと告げられた途端、胸がぎゅっと締めつけられ涙が出そうになってきた。握りしめていたグラスが優しく奪われ、代わりに大きな熱で包み込まれる。

「縁談が決まった時、正直なところ私は貴女になにも期待していませんでした。仕事の繋がりを得る手段として、戸籍上の妻になってもらうだけだと」

それは最初の顔合わせの時にはっきり礼悠の口から告げられていた。佑衣香の両親も似たような事情での縁組だったと聞いている。だから自分や佑衣音もまた、いずれはそういう運命を辿るのかもしれないと漠然とした覚悟だけはあった。

礼悠の手が頤に添えられる。導かれるままに上を向き、そこにあった強い眼差しに小さく息を呑んだ。

「貴女は会う度に私の抱いていたイメージを覆してくれる。だからもっと……知りたいのです」

食い入るように見つめていた瞳が徐々に迫り、瞼の裏に隠される。

次の瞬間、ふわりと唇に柔らかなものが触れた。

「んっ…………」

少しして離された刹那、今度は強めに押しつけられる。驚き交じりの声はやけに鼻にかかっていて、自分が発しているものではないように聞こえた。

妹の結婚相手と――キスをしてる。

今すぐに顔を逸らし、両手を包む温もりを振り払わなくては。

頭ではちゃんとわかっている。それなのに身体がまるで麻痺したかのように動かせないのはどうしてだろう。

混乱する佑衣香の下唇へぬるりとしたものが這わされ、手を覆っていた緩やかな拘束が外された。

「あっ……ま…………んんっ……！」

腰と後頭部に回された手によって上半身が密着する。胸板越しに伝わる激しい鼓動が興奮を教えてくれた。それを嬉しいと思ってしまうということは、まだ酔っているのかもしれない。

空気を求めて開いた唇の間から礼悠の舌が捻じ込まれる。半ば強引に、まるでこじ開けるようにして侵入してきたものが口内を蹂躙する。慣れない感覚に怖気づいた佑衣香は咄嗟に身を引こうとしたが、腰を抱く手に阻まれてしまった。

分厚い舌が口の中を隈なく触れてくるのが、苦しいのに気持ちがいい。軽いキスさえも経験がないというのにそう感じてしまうのはおかしいだろうか。未知の感覚を逃がす術を知らない佑衣香の左手は、いつの間にか逞しい二の腕をぎゅっと掴んでいた。

「……本当に、可愛らしい」

息を乱しながら礼悠が囁く。低く、艶を帯びた声がお腹の奥まで響き、その場所をざわめかせる。これはなんだろう。見知らぬ疼きに戸惑っていると腰を抱いていた手が背骨に沿って這い上がり、リボンを解いているのに気がついた。

「あ、の……っ、ひゃっ！」

捻ろうとした動きを封じるためなのか、首筋に唇が押しつけられる。首の血管を辿るように滑っていく感覚に喉をひくりと震わせた。どうしようもなく身体が熱い。そんな佑衣香の状況を見透かしたのか、肩を覆っていたものが滑り落ちていった。

「そろそろ場所を移しましょう」

礼悠はそう告げるなり佑衣香を軽々と抱き上げる。爪先が浮き上がると腰のあたりにわだかまっていた布の塊が絨毯へと広がった。まるでオレンジピンクの花が咲いたような光景が視界に映るやいなや、部屋の奥へと運ばれていく。

扉を開けた先にあった部屋は佑衣香が予想していた通り、広々としたベッドが鎮座していた。

「す、みません……」

「それは、なにに対する謝罪ですか」

ベッドの縁に座らされた佑衣香は胸の前で両腕を交差し、礼悠の手によってパンプスが

脱がされていくのを眺めていた。まるで女王に傅く騎士のように跪いていた男がゆっくり身を起こし、顔を覗き込んでくる。

「ほっ、本来であれば、もっと、その……可愛いものを着てくるべきでした」

自分の発言がきっかけとなったとはいえ、この展開はまったく想像していなかった。だからワンピースのシルエットに響かないよう、ほとんど装飾のない下着を選んでしまったのだ。

しかも自前なのでネイビーブルーをしている。スポーツ用だと言われれば納得してしまう色とデザインは、可愛らしいものを好む佑衣音は決して選ばないだろう。だからこれは礼悠の目に触れさせるべきものではない。

布団に潜り込んで隠してしまおうか。いや、いっそ服を着てここから立ち去った方がいい……？　身を縮こまらせながら必死で考えていると再び身体が浮き上がり、ベッドの中心で仰向けに寝かされた。

「私はまったく気になりませんが、貴女が気にするのであれば脱いでしまいましょう」

「えっ……？　待ってくだ……っ……きゃあっ！」

覆い被さってきた礼悠が身を屈め、ブラの上の膨らみへとキスを落とす。驚きで跳ねた腰とシーツの隙間にすかさず手が差し込まれた。

懸念点があるのであれば排除すればいい。理屈は通っているがそういうつもりで言ったわけではない。更なる説明の言葉は背中に回った手が器用にホックを外したことで吹き飛んでしまった。

「あの……っ、ちょっ、と、やめ……っ」

「ほら、あまり引っ張ると伸びてしまいますよ」

まだ新しめのブラなのでそれは困る。佑衣香の抵抗が弱まった隙に腕からストラップが抜かれ、慌てて胸元を覆い隠した。

「あぁ、貴女ばかりこんな姿では不公平ですね」

礼悠は忘れていた、と言わんばかりの口調で告げるとネクタイの結び目に指をかける。しゅるりと音を立てて解かれたものがベッド脇へと落とされる様を思わず目で追ってしまった。

こちらを見つめながら礼悠が服を脱ぎはじめる。次々とボタンが外されていくワイシャツの隙間から素肌が見えた瞬間、はっと我に返った。大急ぎで顔を背けたものの、先ほどの光景はしっかり脳裏に焼きついている。

「おや、見てくれないのですか?」

「む、無理に決まって……ま、すっ！」

そんな痴女みたいな真似を男性経験が皆無の佑衣香ができるはずがない。敬語が崩れそうになったのを辛うじて堪え、必死の思いで反論するとくすくすと愉しげに笑う声が降ってきた。

重い布が落ちる音が響き、ベッドがぎしりと揺れる。頬に添えられた手によって顔を元の位置に戻すと、そこには欲情の色を隠そうともしない男の眼差しがあった。

「恥ずかしがっている貴女も可愛らしい」

「そんな、こと……っ」

反論の途中で唇を塞がれ、柔らかく濡れた感触が思考と言葉を溶かしていく。再び背中へと手が回され、すぐ目の前まで迫ってきていた肉体に包み込まれた。

表面は滑らかで、その奥からしっかりとした弾力が伝わってくる。明らかに佑衣香とは違う肉体を持つ男に抱きしめられている。今の状況を改めて思い知らされ、心臓がどくりと大きな音を立てた。

「んっ……ふ、あっ…………ま、まって…………やあっ」

二つの肉体の間に割り込んだ手が胸の膨らみをすっぽりと覆う。まるでパン生地を捏ねるかのような手付きで揉みしだかれ、佑衣香は堪らず甘く高い声を漏らした。

自分で触る時はまったくなにも感じられないのに、どうしてこんなにも反応してしまうのだろう。身を震わせながら必死で耐える姿をじっと見つめている礼悠に気付いた瞬間、目がゆるりと細められた。

「ひゃあっ！　な、な……にっ…………を……」

下から掬うように膨らみを持ち上げられ、左の先端を湿った感触で覆われる。硬く立ち上がった場所が礼悠の口内に収められたと気付き、佑衣香は言葉を失った。知識としてはあってもいざ経験するとなるとまるで違う。相変わらずこちらを見つめ、反応を探っているのか舌先で押し潰された。

「や、やだっ……やめて……くだ、さっ…………んぁっ！」

肩を押したのが気に入らなかったのか、右の尖りを指先で強めに摘まれた。まるで電流でも流されたかのような刺激が全身を駆け抜ける。堪らず跳ねた身体は難なく押さえ込まれ、今度はくりくりと弄ばれる。

息は苦しいし恥ずかしさで頭が今にも爆発してしまいそう。それでも逃れる術を持たない佑衣香はただひたすら与えられるものを受け取り、身悶えるしかなかった。

「あぁ……こんなに真っ赤になって」

頰に触れた唇が嬉しそうに囁く。きっと礼悠は慣れているのだろう。余裕たっぷりな様子になんだか腹が立ってきた。

「だ、誰のせい、だと……っ」

「さぁ、誰でしょうか。教えてください」

礼悠は揶揄い交じりに告げると、またもや頰にキスしてきた。そう言われて素直に告げるのは癪だ。佑衣香がきゅっと唇を引き結ぶと弧を描いた同じものが重ねられる。

「教えてくれないのですか？」

「いやっ……です」

「それは残念」

口調とは裏腹にあまり残念がっているようには見えない。唇が離されたタイミングでぷいっと顔を背けると、またもや愉しげな笑い声が聞こえてきた。

「すみません。意地の悪いことをしました」

自覚があるなら尚更たちが悪い。そっぽを向いたまま乱れた息を整えていると、耳朶を柔く食みながらもう一度「すみません」と囁かれる。

腹立たしいのは礼悠の態度だけではない。揶揄われるとお腹の奥が切なくなってくる自分自身がいやらしくて恥ずかしかった。

「お詫びにたくさん気持ちよくしてさしあげます」

「結構ですっ………きゃうっ！」

胸を弄んでいた手がいつの間にか下へと移動して、足の付け根に滑り込んでいる。咄嗟に太腿を閉じようとしたが手遅れだったらしい。肉唇の奥に隠れた秘豆に触れられた瞬間、身体の中心を鋭い刺激が駆け上がっていった。

目の前がチカチカして、ようやく落ち着いたはずの鼓動がまたもや激しくなっている。この場所は軽く撫でられただけでこんなふうになってしまうなんて知らなかった。

ぼんやりと天井を見つめる佑衣香の視界に端整な顔が映り込んでくる。艶やかな笑みを浮かべた礼悠がそっと額に口付けた。

「貴女はここが好きなのでしょうか……可愛い」

「違いま………す、んんっ」

円を描くように撫でる指先が反論を封じてくる。腰をくねらせ、必死の思いで耐える佑衣香には熱を帯びた眼差しの中に浮かぶ嗜虐の色に気付く余裕はない。このままでは頭がおかしくなってしまいそうだ。咄嗟に礼悠の腕を摑んだものの、ほとんど力の入らなくなった手ではろくな抵抗ができなかった。

秘豆をゆるゆると嬲りながら別の指が更に奥へと進んでいく。肉唇を割り開き、しとどに濡れた淫壺の入口を撫でられた。

「よかった。たくさん感じてくれていますね」

「そんなっ、こと……わかり、ま……せんっ……」

初めてなのだから比較のしようがない。あぁ、これは佑衣香の方ではなく、礼悠が過去に抱いた女性と比べた結果なのかもしれない。じりじりと追い詰められる感覚に襲われながらも、佑衣香の研究者としての思考が勝手に働いてしまった。

「んんん……っ」

入口を擽っていた指がゆっくりと侵入してくる。浅い場所で指先を遊ばせると淫らな水音が立った。こんな音が自分の身体から出るなんてとても信じられない。佑衣香が手を添えたままの腕をぎゅっと摑むと、礼悠が顔を寄せてきた。

「痛みますか？」

違う、と言いたいのに息が乱れてうまく言葉が出てこない。首を左右に振ると更に奥へと指が入ってきた。抜き差しが繰り返されるうちに異物感が失せていき、代わりに言いようのないざわめきを覚える。

「気持ちよさそうですね。段々と締めつけが強くなってきましたよ」

佑衣香の知る「気持ちいい」とはまったく違う。息が苦しくて、ぞわぞわして、逃げ出してしまいたい。だけどそれ以上にもっとしてほしいと願ってしまうのだから、やっぱり礼悠のいう通りなのだろうか。

「………やっ、あっっ!!」

深く入り込んだ指先が曲げられ、肉襞を引っ掻くように刺激してくる。これまでとは明らかに違う感覚に、入口からとぷりと蜜が溢れてきた。

「こっちを見てください……そう、そのまま」

膣壁を指先で撫でながら命じられ、言われるがまま下ろしていた瞼を持ち上げる。そのすぐ先にある熱を帯びた眼差しに意識ごと搦め捕られてしまった。咥え込む指の数が増やされ、圧迫感が増していく。

「もっ……無理、で……っ、やあああ————ッッ!!」

佑衣香の中でぱちんと何かが弾け、浮遊感に包まれる。その直後、強張らせていた身体がぐったりとベッドに沈んだ。

意識はふわふわしているのに指先すら動かすのが億劫なくらい全身が重くて怠い。これは一体なにが起こったのだろう。霞む視界の中でも整っているとわかる顔がふわりと微笑んだ気がした。

「こ、れ……な、なに……?」

「本当に貴女は可愛らしいですね……私ももう、限界のようです」

吐息交じりの疑問は礼悠の耳には届かなかったらしい。蜜でぐっしょりと濡れた指に舌を這わせて舐め取るなり身を起こした。

「えっ……?」

両方の膝裏を掬い上げ、大きく左右に開かれる。驚きの声をあげながら上半身を起こそうとしたがまだうまく力が入らず、再びシーツに沈む羽目になった。

「少し痛いかもしれません。深呼吸をしていると幾分か楽になるそうですが……」

「あのっ、ま、ってく……ん、んん……っ」

礼悠は両手で佑衣香の腰を摑み、軽く浮き上がらせる。そのままゆっくり腰を寄せてくると、入口が大きく拡げられた。

指とは明らかに違う感触の正体はすぐに察せられる。凄まじい圧迫感に身を震わせながらサイドテーブルを見遣ると、そこには小さなビニール製のパッケージが破られた状態で置かれていた。

いくら婚約するとはいえ、そのあたりの配慮は忘れられていなかったらしい。いつの間に着けたのかという疑問を抱きながらも、佑衣香はアドバイス通りに深い呼吸を繰り返すことに意識を集中させる。

「………んんっ、は、あぁ……」

礼悠なりに気を遣っているのか、最初は浅い場所でゆるゆると律動を繰り返していた。そして馴染んだ頃を見計らって少し奥へと進み、同じことをする。できるだけ痛みを与えないよう配慮してくれるのはありがたいが、逆にそれがひどくもどかしい。

佑衣香は喘ぐような深呼吸を続けながら、腰を摑んでいる大きな手をきゅっと握りしめた。

「もっ、う……大丈夫、です、から……」

「本当ですか？　無理はしないでください」

ちゃんと伝えたというのに、相変わらず礼悠はなかなか奥へと進んでくれない。感触をたしかめているのか、ゆるりと腰を回され、佑衣香は堪らず喉を反らした。

「でしたら、もっと深くしますね」

ぐぐっと逞しい肉体が佑衣香の方へと近付いてくる。お腹の奥に深々と肉茎を打ち込まれると、身体が真っ二つに割かれるような痛みが走った。入口も限界まで拡げられ、お腹の中が礼悠でいっぱいになっている。

己の欲望に必死で耐えながら、佑衣香への気遣いを忘れない眼差しに胸がきゅっと締めつけられた。

「………佑衣音、さん」

苦しげな声で告げられた名前が佑衣香を現実へと引き戻す。そうだ。これは決して許されるべき行為ではない。

だけどもう、引き返すことは不可能だ。どうやって言い訳しようかという考えが頭の隅に浮かんだ途端、最奥をとん、と突かれた。

「なにを、考えていたのですか？」

「なっ……ん、でも、ありません……」

どうしてわかったのだろう。慌ててはぐらかすと礼悠がすっと目を眇め、更に腰を寄せてきた。先端で最奥を捏ねるように刺激され、頭に浮かんでいた不安があっけなく押し潰される。

「考え事をする余裕があるのでしたら、遠慮する必要はなさそうですね」

思わせぶりな笑みを浮かべて礼悠が不穏なことを囁く。弁解する猶予すら与えず、小刻みに奥をノックしはじめた。リズミカルかと思いきや、時折位置とタイミングがずらされる。

「これっ……駄目、でっ……す…………」

「どうしてですか？　こんなに感じているのに」

いやいやと首を振っても気分を害した礼悠は赦してくれない。むしろ腰を持ち上げられたせいで爪先が浮き上がり、逃げ場を完全に塞がれてしまった。

律動が徐々に激しく、速くなっていく。じりじりと追い詰められる感覚には耐えられそうもない。遂に目尻からぼろりと涙が零れ落ちた。

「やだっ、もっ……ゆる、し…………てっ……きゃあああ――――ッッ!!」

ひときわ強く押しつけられた瞬間、お腹の奥に溜まっていた疼きが一気に弾ける。がくがくと痙攣する身体がしっかりと抱きしめられた。

――――もう、無理。

体力も気力も限界を迎え、佑衣香の意識が急激に沈んでいく。

深い眠りへと落ちていく途中で、咥え込んだものが不規則に震えているのを遠くに感じた。

第二章　深まっていく関係

　思いもよらぬ相手から電話がかかってきたのは、あと数分で日付が変わろうとしている頃だった。

　入浴を済ませ、そろそろ寝ようかと立ち上がったタイミングでバッグに入れっぱなしだったスマホが聞き慣れないメロディを奏でる。それが音声通話の着信音だと気付き、佑衣香は慌てて取り出すと、表示された名前に思わず動きを止めた。

「もしもし、どうしたの？」

　焦りが声に出ないよう気をつけながら応答すると、やや間があってから小さな溜息が聞こえてきた。

『遅くに悪い。今ちょっと話せる？』

「それは大丈夫だけど……」

一つ年下の弟、千隼は「そっか」と言うなりまた黙ってしまった。

千隼は今、会社近くのマンションで一人暮らしをしている。もしかして、こんな時間まで仕事に追われていたのだろうか。頑張るのも結構だが無理は禁物だと自分を棚に上げて注意しそうになってしまった。

『あー……今回の件、勝手に押しつけちゃってごめん』

言いにくそうに伝えられた謝罪に思わず苦笑いが浮かぶ。まさか、弟にまで身代わりの件が知られているとは思わなかった。

「別に千隼が謝ることじゃないでしょ」

『それは、そうなんだけどさ……』

「私が引き受けるって決めたの。だから気にしないで」

千隼は正義感が強く、一緒に暮らしていた頃は姉妹で扱いが違う点を幾度となく母親に注意してくれていた。さすがの奏美もその場では改めると言うものの、すぐに元の状況に戻ってしまう。いや——むしろ酷くなるのでやめてほしいと頼んだことがある。

きっと奏美からこの件を聞かされて腹を立てたのだろう。だが、これはあさぎり興産の存亡をかけた大事な縁談。下手に騒ぎ立てるのは得策ではないとわかっているはずだ。

『でも、相変わらず忙しいんだろ？　叔父さんも心配してるけど大丈夫なのかよ』

「まぁ……なんとかやってるよ」

なんと、叔父までこのおかしな状況を把握しているのか。いつも穏やかで優しい叔父だが、そこは社長として苦渋の決断だったのだろう。それでも、あさぎり興産のためだと割り切っているのかもしれない。

『あ、でもさ、六路木さんってすげーいい人だよな』

「……そう、だね。千隼も会ったことあるんだ？」

社長である叔父に同行した場で礼悠とは何回か顔を合わせているらしい。仕事についてはシビアだけど、指摘する時でも言葉の端々に優しさも感じられるという感想に思わず佑衣香も頷いてしまった。

『俺さ、あの人が義兄になるのがちょっとだけ楽しみなんだ』

「………そっか」

だから無事に成婚に至れるように協力してほしい。きっとそう伝えたかったのだろう。

申し訳ないと口では言いながら、千隼も今回ばかりはまた佑衣香が犠牲になるのは仕方ないと思っているのだろう。

内心の落胆を押し隠し、くれぐれも身体に気をつけてと告げて通話を終えた。

◇◆◇

佑衣香がいつものようにせわしなくキーボードを叩いていると、傍らの電話が鳴った。これは内線の呼び出し音だ。受話器を取り上げながら電話機のディスプレイを見遣れば、教務課の文字が読み取れた。

「第三研究室、浅霧です」

『あっ、あの……教務課の坂出です』

「お疲れ様です」

今の時間の犬養は講義に行っているはずだが、なんだか嫌な予感がする。

『実は、あの、犬養教授が講義に来られていませんで……なにかあったのではないかと思いまして』

「えぇっ!?」

佑衣香は椅子ごと振り返ると壁のモニターへと視線を向けた。たしか測定中のサンプルは八個あったはずだが、下から三番目の数値が表示されていないではないか。

測定不可など、異常があった場合は音と表示で警告《アラート》が出るはず。

それが出ていなかったということは……。

「申し訳ありません。すぐ向かうよう伝えます」

『お手数をおかけします……あの、三十分を過ぎると講義としてカウントできないので、どうかよろしくお願いします』

研究所から大学の教室まで徒歩で約五分。既に十五分が経過しているから、あと十分で教授を送り出さなくてはならない。挨拶もそこそこに電話を終えると、佑衣香は助手室を飛び出した。

実は昨年度、犬養の受け持っている講義が単位として認定できない日数になりかけ、年度末に特別補講を実施する羽目になったのだ。もう二度と学生に迷惑をかけてはならないと気をつけていたのに、今日に限って念押しするのをすっかり忘れていた。

とはいえ、佑衣香はあくまで研究の助手であって教授個人の秘書ではない。来年度は絶対に秘書をつけてもらうよう所長に直談判する！　という決意を胸に実験室へと足早に向かった。

目的の人物は嬉々とした様子で新たな土を測定用の器へと移している。ここで大声を出して大事なサンプルを撒き散らされでもしたら面倒だ。佑衣香はロックを解除すると「失礼します」と静かに入室した。

「あれ、どうしたの？」

どうしたのじゃありません！　と怒鳴りたいのをぐっと堪え、佑衣香は腕時計を素早くチェックする。気付いたらもう六分が経過している。とにかく時間がない。

「教授。今すぐそれを置いて講義に向かってください」

「あれ、講義の日だったっけ？　でももう……」

「残りは私がやっておきますからとにかく急いでください」

有無を言わさない気迫にさすがの犬養もこれ以上の抵抗は危険だと察したらしい。こくこくと頷きながら器具を置き、使い捨ての手袋を外した。

「あー……あそこにあるのも色々使っちゃったんだよね」

「承知しました早く行ってください」

「はいっ」

慌てて走り去る白衣の背を見送り、佑衣香は深い溜息をついた。壁際にある棚から使い捨てのマスクと手袋を取り、装着すると残された作業を再開する。

測定用のサンプル作りは一見すると単純かつ地味な作業だ。だが、その実はなかなか神経を使う。予め決められた数値ぴったりの量を移し、器具を持ち替えて今度は表面をならしていく。

この時、上から押す力を均一にしないとサンプルとして成立しない。心を無にし、ひたすら手を動かしていく。

ようやく納得できる仕上がりになったのは二十分後のことだった。

「ふぅ……」

慎重に蓋をし、側面に貼られたラベルと同じ数字の書かれた測定用の棚に乗せる。機器のアラーム通知をオンに戻してから片付けに取りかかった。

しかし、どうやったら短時間でこんなに色々な器具を使えるのだろう。「使用済」と書かれたトレイを持ち上げ、洗浄用の流しへと持っていく。

まずは水洗いをして付着物を取り除き、消毒方法別に分類する。すっかり慣れた作業を手際よく進めていると背後で扉のロックが解除された音がした。

まだ講義が終わる時間ではないので、きっと研究所の誰かが佑衣香を探しに来たのだろう。消毒液の入ったボトルを取り出しながら、誰なのかをたしかめることなく「すみません」と声をかける。

「右の棚にあるバケツを取ってもらってもいいですか？」

立場の上下に関係なく作業に協力するのがこの研究所のルールである。佑衣香はいつもの調子で頼むと手にしたボトルの蓋を開けた。

「これでしょうか」

「へっ？」

こんなに低くてよく通る声をした所員に心当たりがない。

――まさか!?

佑衣香が恐る恐る振り返ると、そこにはがっしりとした体軀を上等なスーツで包んだ男性が水色のバケツを手に佇んでいた。

「も、申し訳ありません！　てっきり、同僚かと思いまして……」

「お気になさらないでください」

ちょっと、来るなんて聞いていませんけど!?

佑衣香は心の中で叫びながら急いで駆け寄り、礼悠が手にしたものを受け取った。恐縮しきりで頭を下げると平坦な声で返される。

しかし、スーツ姿でバケツを持っていても絵になるとは一体どういうことだろう。突然の訪問と相俟って心臓が早鐘を打つのを感じながら礼悠を見上げた。

「教授に御用でしたでしょうか」

「ええ。犬養教授から電話をいただきました。今日はずっと測定室にいると仰っていたものですから直接伺ったのですが」

どうやら佑衣香の上司が彼を呼び出したらしい。飛び出そうになった溜息を噛み殺してから「申し訳ありません」と再び頭を下げた。

「教授は講義に行っておりまして、戻りは三十分後になります」

「そのような話はまったくされていませんでしたが、急に決まったのですか？」

「いえ、その……本人が予定を失念していたようです」

「なるほど」

礼悠の口調に呆れた気配が見え隠れしているのはきっと気のせいではない。フォローを忘れていた佑衣香まで責められているような気分になり、バケツを持つ手に力が籠った。

「仕方ありませんね。待たせてもらいます」

「本当に……申し訳ありません」

共同研究の開始は来期からだが準備は着々と進められている。重要な件とはいえ、多忙な礼悠を三十分もこんな場所で待機させるのは申し訳ない。助手室に内線をかけて一番近い会議室を確保した。

「教授には戻り次第、こちらへ伺うよう伝えておきます」

「お願いします」

そう言いながら礼悠は手にしていたビジネスバッグからノートパソコンを取り出している。佑衣香にはまったく目もくれず仕事を始める姿に、なぜか胸がちくりと痛んだ。

——反応を見る限り、気付かれていないはず。

いくら未来の義姉とはいえ、個人的な交流を持つ気がないのはむしろありがたいと思うべきだろう。自分にそう言い聞かせながら「失礼します」と告げて扉を閉めた。

迂闊にも妹の婚約者と一夜を共にしてから十日が経っている。

相変わらず妹の佑衣音は病院から戻ってきていない。結婚が決まったので全身を隈なく検査し、治療にも念には念を入れていると母親が言っていたので、しばらくは帰ってこられないだろう。

お陰で引き起こしてしまった事態をどうやって収拾するか、考える猶予ができた。佑衣香は病弱な妹を気の毒だと思う反面、密かに胸を撫で下ろしていた。

とはいえ、まだ解決策は見つかっていない。むしろ状況は困った方向へと進んでいた。

なんと、礼悠から個人的な連絡先を訊ねられてしまったのだ。

これまで淺霧側は母親が窓口になっていたようだが、できれば直接コンタクトを取りたいと乞われ大いに焦った。

佑衣香の知る限り、妹はスマホの類を持っていない。たしか「健康を損ねる」といって母親が許していなかったと記憶している。ちなみに佑衣香も許可はされなかったが高校生になった時、すべての費用を自分で払うことを条件に父親から保証人の捺印をしてもらった。

だが、妹が持っていないからといって自分の連絡先を教えるわけにはいかない。必死で考えを巡らせた結果、佑衣音になりすます専用のメールアドレスを作ることにした。

スマホを持っていないと告げた時はさすがに驚いた様子だったが、疑うことなく納得してくれたらしい。パソコンはあるのでメールを送ります、というと名刺に個人の電話番号とアドレスを書いて渡してくれた。

フリーのメールアドレスではさすがに失礼だと思い、佑衣香が個人的に契約しているプロバイダーでアドレス追加の手続きをした。そして礼悠に挨拶メールを送ると、一時間足らずで返事があった。

それ以降のやり取りはまだ一回だけ。近況を交えつつ丁寧に綴られたメールの内容は、次の週末に会いたいというお誘いだった。

散々迷ってから母親に報告すると、今は佑衣音のお見舞いで手一杯らしい。投げやりな口調で「あんたに任せるけど、くれぐれも失礼のないようにね」と言われてしまった。

今日は火曜日。週末は妹のふりをして、本当の自分には関心の欠片すら見せない相手とデートしなくてはならない。

週末に呼び出されないよう仕事はしっかり終わらせなくては。実験室の片付けを終えた佑衣香は白衣を翻して助手室へと向かっていった。

◇◆◇

「…………ん」

瞼に柔らかなものが押し当てられ、深く沈んでいた意識が浮上しはじめる。なかなか開こうとしない瞼をなんとか持ち上げると、ベッドの脇からこちらをじっと見つめる眼差しがあった。

「おっ……はよう、ございます」

「おはようございます」

声が跳ねそうになったのを咄嗟に抑えようとしたものの、残念ながら失敗に終わった。反応が面白かったのか、礼悠は愉しげに目を細めながら額に口付けてくる。だけど、寝起きでこの顔をアップで見て動揺しない人がいたら教えてほしい、と心の中で言い訳した。

佑衣香は起き上がろうとしたものの腕にうまく力が入らない。脚の付け根に残された違和感が昨晩の出来事を呼び覚まし、思わずきゅっと唇を引き結んだ。

「お手数を、おかけします」

「気にしないでください」

どうやったら起き上がれるか、密かに悪戦苦闘していると礼悠が背中に手を添えてくれる。いとも簡単に望む体勢にしてくれたのがありがたいけど少し恥ずかしい。

バスローブを纏った胸元からは石鹼の香りが漂い、髪がまだ濡れているのでシャワーを浴びてきたようだ。身を起こすだけでもひと苦労の佑衣香とは対照的に、昨晩顔を合わせた時よりも潑剌としているのは気のせいだろうか。

「よければどうぞ」

「ありがとうございます……」

渡されたグラスの水で喉を潤すと、全身に水分が染み渡っていくのを感じる。真夏でもないのにこんなに渇きを覚えていたのは、今まさに空になった瓶からグラスへミネラルウォーターを注ぎ入れている男が原因だった。

「おかわりは？」

「いえ、大丈夫です」

ありがとうございます、と告げた唇にふわりと同じものが重ねられる。不意打ちのキスに頬を染めると、礼悠が甘く微笑んだ。

「あ、の……」

「なんでしょうか」

佑衣香の使っていたグラスで水を飲まれるのはなんだか気恥ずかしい。だけど礼悠はまるでそうするのが当然のような顔をしている。胸元まで引き上げた布団をきゅっと握りしめてから軽く目を伏せた。

「こういった時は……ど、どう振る舞うのが、正解なのでしょうか」

「それは、どういう……あぁ」

随分と抽象的な質問をしてしまったと反省したが、今の状況からちゃんと意図を汲み取ってくれたらしい。様子を窺い見ると礼悠は思案顔をしていた。

恋人同士であれば日常の延長にすぎないから悩む必要はない。だが、政略結婚の場合はどうしたらいいのかわからない。

いずれは夫婦になるけれど、想いを通じ合わせているかと訊かれたら肯定はできない間柄。そんな二人が身体を繋げた翌朝はどんな振る舞いをするのが望ましいのか、確認しておいて損はない気がした。

初めての朝は動揺していてほとんど記憶が残っていない。たしか硬直しているとシャワーを浴びるように促された気がする。案内された浴室には脱がされたはずの服がクリーニングされた状態で揃っており、超特急で全身を洗ってから身支度を整え、朝食を断って逃げるように帰宅した。

あの失礼極まりない所業の数々は予想外の事態に直面していたからこそ許されただけ。今回は誘われた時点でお泊まりデートだと予告され、こちらもそれを了承した。だからさっさと帰宅するのは明らかにおかしいものの、どう振る舞うべきかまで考えが及んでいなかった。

そこは大いに反省すべき点だが、今それを悔いたところで手遅れである。そして、わからなければ訊ねるのが手っ取り早いと思ったのだが、まさか礼悠をここまで悩ませてしまうとは。

「申し訳ありません。その……」

もしかして、相手に確認するような話ではなかった？　この話題は切り上げようと思った矢先、大きな手が頬に添えられた。

「深刻な顔でなにを言われるのかと思ったら……本当に貴女は可愛らしい人だ」

「えっ？　そんな顔をしていましたか？」

口にしにくい話ではあったが、そこまで真剣に悩んでもらうほどのことではないと思っていた。礼悠はとても真面目で、婚約者と誠実に向き合ってくれる人だというのをすっかり忘れていた。

「残念ながら私も一般的な答えを持っていません。ですから、これを機にルールを決めてしまおうかと思いますがいかがでしょうか」

「はい、お願いします」

むしろそうしてもらえると佑衣香はとても楽だ。……いずれ佑衣音に引き継ぐ時も不自然にならなくて済む、という打算が頭をよぎったのには気付かないふりをする。

佑衣香が頷いたのをたしかめてから、礼悠はゆるりと弧を描いた自分の唇を指差した。

「え、えっと……」

「貴女が目覚めたら、ここにキスしてください」

やはりそういう意味だったのか。勘違いかもしれないと躊躇っているうちに言葉で念押しされ、佑衣香はにわかに慌てはじめた。

「すみません。私には、随分とハードルが高いと思うのですが……」

「いずれは慣れますよ。夫婦になるのですから、この程度のスキンシップは当然ではないですか」

愛情は求めないと言っていたのにスキンシップは必要なのだろうか。あぁ、礼悠は長男だからいずれは子供の問題が出てくるんだった、と今更ながらに思い至った。しかし、これを佑衣音にどうやって伝えるべきかが悩みどころだ。

「それでは早速、練習してみましょうか」

「えっ？　う……は、い」

　早くも期待に満ちた顔がすぐ目の前でスタンバイしている。きっと礼悠にしてみれば、昨晩も散々同じことをしたのだからこれくらい平気だと思っているに違いない。それを言われてしまうと佑衣香も拒否はできなかった。

　右手で身体を支え、少し伸び上がる。ごく軽く、唇の表面を掠めるだけだったが今はこれが精一杯だった。

「あの、今日のところはこれで……んっ！」

　初回は失敗がつきものだ。大目に見てもらおうと思ったのに礼悠は不満だったらしい。頼んでいないのにわざわざお手本を披露してくれた。

　強めに押しつけられた柔らかく濡れた感触に頭の芯が痺れたような錯覚に陥る。支えにしていた腕から力が抜け、ふらりと傾いだ身体はしっかりと抱き留められた。

「これで次からは大丈夫ですね」

「……おそらく、は」

「おや、もっと練習が必要ですか？」

「け、結構ですっ！」

これ以上されたらまたベッドへ逆戻りしてしまう。佑衣香が必死の思いで遠慮すると、小さな笑いと共に額へとキスされた。

ふと傍らの置き時計に目を遣ると、時刻は十時を少し回っている。そろそろ起きないと、休日は惰眠を貪っているのがばれてしまう。ベッドの縁に腰掛け、スリッパを履こうと足を伸ばした。

「ひゃっ！」

爪先が引っかかる寸前、ふわりと身体が浮き上がる。突如として横抱きにされ、驚いた佑衣香の左手が咄嗟に逞しい二の腕をぎゅっと握りしめた。

「だ、大丈夫です歩けます！」

「遠慮なさらず」

まだ足腰に違和感があるのは事実だが、研究者の端くれなのであれくらいの負荷であれば問題はない。

……もしかして一般的な女性だと動けなくなるのを礼悠は経験として知っているのかもしれない。そう思い至った途端、勝手に唇がきゅっと引き結ばれた。

「ゆっくりで構いません」

「はい……ありがとうございます」

歩けると言ったのに結局は脱衣所まで運ばれてしまった。礼悠が扉の向こう側へと消えたのをたしかめてから、佑衣香は羽織っていたガウンの腰紐に指をかける。前回もそうだったが、抱かれてそのまま眠りに落ちてしまったというのに肌にはまったくべたつきが残っていない。

あれだけ汗をかいてこんなにさっぱりとしているのは明らかにおかしい。そうなると残されている可能性は——。

面倒見のいいあの人のことだから、きっと婚約者が不快な思いをしないように配慮してくれたのだろう。その光景を想像した途端、洗面台に映った顔がぶわりと真っ赤に染まった。

礼悠はああ言ってくれたけど、人を待たせるのはやっぱり申し訳ないし落ち着かない。佑衣香は手早くシャワーを浴びてからリビングへと舞い戻った。

扉を開けた途端、甘くて香ばしい匂いが鼻を擽る。食欲をそそられる匂いの発生源にいた礼悠は、こちらを振り返ると柔らかく微笑んだ。

「あの、戻りました……」

「早かったですね。もう少し待っててください」

——料理、するんだ。

パンケーキを慣れた手付きでフライパンから皿へ移している。それを持ってからダイニングテーブルを手で指し示した。

「こちらへどうぞ」

「はい。……失礼、します」

佑衣香が着席すると、目の前に大きめの白い皿が置かれた。薄めでしっかりと焼き目のついたパンケーキは不思議と懐かしい気持ちにさせてくれる。あぁ、そういえばごくたまに父親が休日の朝に焼いてくれたっけ。

陶器のボウルの中にはレタスと胡瓜、そしてトマトと生ハムを和えたサラダが入っている。トングと空の皿が置いてあるから取り分けて食べるのだろう。シャワーを浴びていた僅かな時間でここまで用意できる手際の良さに、ただただ感心してしまう。

「料理をされるのですね」

「ええ。といっても、簡単なものばかりですが」

礼悠は留学していた際、レポートの締め切りに追われて外食もままならず、デリバリーを待つのも面倒だという理由から料理するようになったのだと教えてくれた。

「最初は焼いていないパンにハムとチーズを挟む程度でしたが、段々と温かいものが食べたくなってきましてね。それで卵料理に挑戦したのがきっかけでした」

「……なんだか、ちょっと意外です」

六路木家の嫡男であれば、留学先であっても専属の使用人と料理人がつくのだとばかり思っていた。素直な感想を口にすると、礼悠が寮に入るからと断ったのだという。

「あまり立場を気にせずに過ごせる環境は貴重ですので、せっかくなので色々とチャレンジしてみたかったのです」

「なるほど。そうだったのですね」

日本では六路木姓は珍しいし、すぐに六路木ケミカルの関係者だと気付かれてしまうだろう。だから自由がある場所で冒険してみたくなるのも無理はない。

ただ、佑衣音は夫となる人が料理をすることに関してどう思うのか、正直よくわからない。生粋のお嬢様だった母親は父が台所に立つのをとても嫌がっていたので、その影響を受けていなければいいのだが。

その点、自分なら――――。

不意に湧き上がってきた考えを咄嗟に胸の奥へと沈ませ、振り切るようにフォークとナイフを手に取った。

「こちらにバターと、蜂蜜は百花蜜《ひゃっかみつ》とそば蜂蜜を用意しました」

「そば……お蕎麦の花の蜜でしょうか」

「ええ、黒糖のような風味があるので、よければ試してみてください」

そう言われて手を出さないわけにはいかない。パンケーキを一口サイズに切り、バターを厚めに塗った上から黒蜜とよく似た色をした蜂蜜を落としてみた。

「いかがですか？」

「……美味しいです。風味が独特ですが、私は好きです」

ブルーチーズとも相性が良さそうですね、と言いそうになって咄嗟に喉奥へと引っ込める。たしか妹は癖のある食べ物が苦手だったはず。うっかり褒めてしまったが後々問題にならないか不安になってきた。

せっかく美味しいものを食べているのに、心から楽しめないのはやっぱり辛い。もう余計なことは言わないようにしよう。黙々と手と口を動かしていると、礼悠がじっとこちらを見つめていた。

「……あっ、パンケーキもとっても美味しいです」

「それならよかったです」

生地自体は甘さが控えめなので、スクランブルエッグやベーコンなんかと合わせても美味しいだろう。……佑衣音がベーコンを食べられるのかわからないので、正直に伝えられないのが残念だ。

サラダのドレッシングも少し酸味が強めでさっぱりとしていて、すりおろした人参が良いアクセントになっている。きっと口に運ぶ速さで気に入ったのが伝わっているのだろう。

礼悠はふっと微笑んでからフォークを手にした。

「あの、『箱蜜《はこみつ》』はご存じですか？」

「いいえ、初めて聞きますね」

六路木ケミカルの本社近くに有名なパンケーキ店がある、という話をしていた流れでふと思い出した。

「蜂蜜を結晶化させたものなのですが、きめが細かくてクリームみたいになっているんです。父は蜂蜜を零さないでたっぷり食べられるからと、よく取り寄せていました」

蜂蜜は寒い場所や振動を過度に与えると結晶化してしまう。温めれば溶けるが、面倒なのでそのまま食べてしまう人が大半だろう。佑衣香もあのじゃりじゃりした部分は嫌いではない。だが、食べた時に口当たりが悪くなるのは事実だった。

その点、箱蜜は厳密な温度管理のもとでゆっくりと結晶化させるので驚くほど滑らかで、まるで生キャラメルのような食感になるのだ。

初めて食べた時の衝撃を思い出し、思わず熱く語ってしまう。そんな佑衣香をテーブル越しに見つめる眼差しがやけに甘く感じるのは、きっと蜂蜜の話をしているからだろう。

「そこまでお薦めされると食べてみたくなりますね」

「ちょうど冬がシーズンですので、ぜひ」

少し値が張るのが難点だが礼悠は気にしないだろう。今度は百花蜜と共にパンケーキを頬張り、にこりと微笑んだ。

「次にパンケーキを焼く時には用意しておきましょう」

「……はい、楽しみにしています」

果たしてその時、この椅子に座っているのは誰だろう。

曖昧な微笑みを誤魔化すように飲んだコーヒーが、やけに苦く感じられた。

◇◆◇

「お待たせしました」

柔らかな声と共に白い皿が目の前に置かれる。その拍子に黄金色をしたフレンチトーストがふるんと揺れた。

箱蜜の話をしてから二週間後、妹は未だに入院している。さすがに心配になって母親に容態を訊ねたが、いつものように「あんたに話したところで治らない」と一蹴されてしまった。

その扱いに傷つくほど繊細な神経はしていないが、佑衣音の先行きが見えないのはとても困る。そんな最中に再び礼悠からメールが届き、佑衣香はまた妹の婚約者と共に朝を迎えた。

内容がデートの誘いだとわかった時、泊まりは断るつもりだった。だが、お薦めしていただいたものを早速入手しました、という文言を見た瞬間、あっけなく決意が打ち砕かれたのだ。

土曜日の夕方に待ち合わせして、オープンしたばかりの商業ビルの最上階にある創作フレンチに案内された時は思わず「えっ!?」と驚きの声をあげてしまった。

なにせその店は日本初上陸。ビルにとって最大の目玉であり、オープン前から二年先まで予約が埋まっていると、たまたま見たネットニュースに書かれていたのを憶えている。そんな大人気店の席をどうやって確保したのだろう。思い切って訊ねてみたが、礼悠は微笑むだけで教えてはくれなかった。

その後はショッピングエリアを軽く見て回ってからホテルへ向かい――今に至る。

ダイニングテーブルには前回と同じく百花蜜とそば蜂蜜のボトルが置かれ、そしてその隣には小さな白木の箱が並んでいる。礼悠が蓋を開けると、バターのような物体が姿を現した。

「どうぞ、熱いうちに召し上がってください」

「ありがとうございます。いただきます」

手をつけるのを躊躇っていたのに気付かれていたらしい。礼悠に促され、佑衣香はようやくナイフとフォークを手に取った。

今朝もまた気怠い目覚めだったが、例のルールに関してはなんとか及第点をもらえた。そして作ってもらってばかりでは申し訳ないからと、佑衣香は朝食づくりの手伝いを申し出たのだ。

最近はほとんど自炊をしていないが、父親が元気だった頃はよく一緒に台所に立っていた。だから簡単なことならできると意気込んでいたのだが、礼悠に「私が作ってさしあげたいので」と言われてしまい、すごすごと引き下がるしかなかった。

そしてまたもや浴室へと運ばれ、戻ってみると見事なフレンチトーストが出来上がっていたのだ。

添えられたベーコンはカリッとしているし、たくさんの野菜の入ったコンソメスープもしみじみとした味わいがある。三種類の蜂蜜と共に食べたフレンチトーストも大きめだったせいか、きっちり完食した頃にはお腹がはちきれそうだった。

「ご馳走様でした。とても美味しかったです」

「それはよかったです」

礼悠の食べている様子を窺っていると、箱蜜へと手を伸ばす頻度が高かった気がする。お薦めした身としては気に入ってくれたのが嬉しい。一緒に片付けを済ませると、コーヒーカップと共にソファーへと誘われた。

婚約や結婚に関する話は勝手に進めないように釘を刺されている。これまでも話題を振られそうになったことがあるが、その時は曖昧に答えたり別の話題へすり替えたりしていた。

だが、それもいよいよ限界かもしれない。どうやってはぐらかそうかと悩む佑衣香の前に、すっと細長い箱が差し出された。

「あの……これは？」

「貴女へのプレゼントです」

そう言われてしまったら受け取らない方が失礼だろう。焦げ茶色に金の箔押しでブランドのロゴが入っているが、これと同じものを最近目にした気がする。どこだっただろうかと記憶を辿りながら礼悠を見上げると、無言のままふっと甘く微笑まれてしまった。

初めて会った時は厳しい人だと思っていた。仕事をしている時の印象はそのままだけど、結婚する相手にはこんなにも優しい顔を見せてくれるのか。図らずも知ってしまった礼悠の一面に胸がきゅっと締めつけられた。

「ありがとうございます。開けてもいいですか？」

「もちろんです」

これは佑衣音への贈り物なので、できれば未開封の状態で持って帰りたい。だが、こちらを見つめる眼差しが今すぐ開けてくれと訴えていた。後で母親から文句を言われそうだと内心で溜息をつきつつ、クリーム色のリボンを解く。

箱の形状から推測するとこれはアクセサリー、しかもネックレスだろう。好みじゃないデザインでもちゃんと喜んだふりをしないと、と言い聞かせながら箱を開いた。

「………え？」

予想通り、そこには繊細な金鎖が収められている。鎖の先端では落ち着いた色味をした赤紫色の宝石が煌めいていた。佑衣香は丸みを帯びた雫型の石を食い入るように見つめる。

「あの、これ、って……」

「随分と熱心に見ていたので、気に入ったのかと思いまして」

ようやく思い出した。このネックレスは昨日、食事の後にビルの中を散歩していた時、ショーウィンドウに飾られていたものとまったく同じもの。「アレキサンドライト」というこの宝石は、今のように白熱灯の下では赤紫、太陽光では深い緑色に見えるのだと礼悠が教えてくれた。

状況によって見せる色を変える宝石に興味を惹かれ、甘すぎないデザインだったこともあり、後日機会があればゆっくり見に行こうと密かに考えていたのに。

しかも佑衣香がこのネックレスを見かけたのは閉店間際だったはず。それなのにどうして、まだ開店していないはずの時間にもかかわらず手元にあるのだろう。訊きたいことが多すぎて言葉を失っていると、横から伸びてきた手が金の鎖を摘み上げた。

「着けてみてもいいですか？」

「えっと、あの……」

こんな高価なものを受け取っていいのだろうか。ましてや偽物である佑衣香が身に着けるのは大いに気が引ける。そんな躊躇いを知ってか知らずか、礼悠は身を屈めると耳元に唇を寄せてきた。

「貴女が着けている姿を見たいのですが、駄目でしょうか」

「い、え……」

ここまで言われてしまうと断ることが不可能だ。礼悠へ背を向けるように促され、佑衣香は慌てて下ろしたままの髪を左側に寄せる。

目の前を赤紫の輝きが上から下へと移動し、首のあたりにひやりとしたものが触れた。動かないよう大人しくしていると「できました」という声が頭上から降ってくる。

「ネックレスはとても素敵ですが、その……私に似合うでしょうか」

普段の佑衣香の服装であれば問題ないかもしれないが、佑衣音の好む淡い色合いでネックレスの濃い色が浮いてしまうのではないだろうか。好みじゃないと妹が受け取りを拒否したらどうしよう。密かに焦っていると、不意に礼悠の膝へと乗せられてしまった。

真正面から向き合う形になり、佑衣香は思わず目を伏せる。じっくりと眺められているのを感じながら身を硬くしていると、礼悠の指がシャツワンピースのボタンを上から外しはじめた。

これまでのやり取りから、どうして服を脱がされる流れになったのだろう。理解が追いつかずに固まっているうちに、ミントグリーンのブラが礼悠の眼前に晒された。

普段の佑衣香ならこんな可愛い色は絶対に選ばないと断言できる。だが、いつも着用している機能性を重視した下着を見せるわけにはいかないと、許容できるデザインのものをデート用に揃えたのだ。

そんな理由を知るはずもない礼悠は胸の谷間付近で揺れる赤紫の石をしばし見つめ、指先で弄びはじめた。

「今こうやって着けているのを見る限り、とても似合っています」

つまりこのネックレスは、服ではなく佑衣香自身に似合っていると言ってくれた。もしかすると礼悠は、佑衣香が好みではない服を着ているのだと薄々勘付いていたのかもしれない。

じわじわと頬が熱くなり、涙が出そうになってきた。

「ありがとうございます。大事に、します」

「ええ、是非とも身に着けていてください」

私には似合いません、と否定するつもりだったのに。唇から勝手に素直な気持ちが零れ落ちていた。頬が温かな手で包み込まれ、優しく引き寄せられる。

「次は指輪を贈ります。……できるだけ、はやく」

唇を軽く触れ合わせながら礼悠が宣言する。その指輪が単なるプレゼントでないことはすぐにわかった。

もしかすると、礼悠は結納の時期を早めるつもりなのだろう。

そして、結婚もまた――。

「…………はい」

辛うじてそう答えた佑衣香の前で、妹の結婚相手が嬉しそうに微笑んだ。

◇◆◇

「……どうしよう」

「え？　なんか言った？」

思わず口から出た呟きに、隣の席に座る木多が素早く反応した。佑衣香は慌てて「なんでもない」と返し、気を取り直してパソコンのモニターへと意識を向ける。まだ朝だというのについついぼんやりしていたようだ。

実のところ、未だに礼悠からネックレスを贈られたことを母親に伝えていない。それどころかあの日以来、密かにずっと身に着けていた。

母親に報告すれば見せろと命じられるだろう。そして見せればこんなデザインは佑衣音に似合わない。もっと可愛らしいものを買ってもらえなかったのか、それともわざとこれにしたのかと文句を言われるのは火を見るよりも明らかだった。

ただでさえ忙しいのに面倒を起こすのは避けたいし、佑衣音が退院するまでは持っていても問題ないはず。

そしてなにより、佑衣香自身がまだこれを妹に渡す覚悟ができていなかった。

たしかにアレキサンドライトのネックレスは礼悠が婚約者である「淺霧佑衣音」に贈ったもの。

だが、今の「淺霧佑衣音」は双子の姉である佑衣香なのだ。

だからこれは妹にではなく、佑衣香に対してのプレゼントだという気持ちが捨てきれないでいた。

この理論が屁理屈なのは重々承知しているが、こじつけて所有権を主張してしまうほどこのネックレスを気に入っているのは、元々好みのデザインだということもある。

だが、それ以上に——贈ってくれたのが、政略結婚であっても相手を大事にしてくれる彼だというのが理由だった。

これはもう、認めざるを得ない。

妹の結婚相手に好意を抱いてしまった。正体不明の感情につけるべき名前を見つけた瞬間、納得と自己嫌悪が同時に襲いかかってきた。

彼はいずれ義弟になる存在であり、仕事の上では大事な研究の協力先でもある。異性として意識することなどもってのほかだと、頭ではちゃんとわかっていた。

わかっていたのに、好きになってしまった。

今ならまだ、引き返せるかもしれない。そのためにも妹の身代わりとして彼に会うのはもう終わりにしたかった。

そんな佑衣香の切なる願いとは裏腹に妹は引き続き入院しており、礼悠から連絡が来る頻度が徐々に高くなってきている。

しかも昨日届いたばかりのメールには、「今後もスマホを持つ予定がないのであれば、こちらで費用を持つので用意させてください」という申し出が記されていた。

これまでも何度か遠回しに訊ねられていたものの、どうも機械と相性が悪くて……などとよくわからない理由をつけてはぐらかしてきた。

きっと佑衣香の煮え切らない態度にしびれを切らしたのだろう。メールで返事を避けたとしても、顔を合わせた時に了承させられてしまうのは目に見えていた。

いっそ体調を崩していることにして、佑衣音が退院するまでの時間を稼ぐのはどうだろうか。そうすればスムーズにすべてを元通りにできるかもしれない。

今夜にでも母親に提案してみよう。静かに決意を固めると、溜まりに溜まっている書類の山に取りかかった。

思い悩んでいる間にも佑衣香のところにはひっきりなしに仕事が舞い込んでくる。受付が今日の十五時までだという研究会への参加申し込みを十四時五十分に「忘れてた」という言い訳と共に犬養から頼まれ、ダッシュで申込書に記入してリミットの二分前にファックスで送った。

だが、これで安心してはいけない。すぐさま電話をかけて無事に受信できているか問い合わせ、無事に受けつけられたとわかるなりすぐさま犬養教授のスケジュールに登録まで済ませておいた。

「はぁ……もー、さすがに勘弁してほしいわ」

「あの、す、すみません……」

椅子の背もたれに寄りかかっていた身を起こし、背後からの呼びかけに今度はなにかと振り返る。助手室の入口に佇む人物をしばし見つめてから「あっ」と小さな声をあげた。

普段は電話やメールでしかやり取りしないので、顔を思い出すのに時間がかかってしまった。教務課の坂出進《すすむ》はひょろりと背が高く、いつもどこか怯えたような表情をしている。

「お疲れ様です。どうされました？」

大学職員である彼が研究所に来るのはとても珍しい。猫背気味の背中を更に屈め、恐る恐るといった様子でこちらへ歩いてくる。

「実は、一〇六教室に備えつけられたプロジェクターのリモコンが行方不明になっていまして……犬養教授が持っていかれていないでしょうか」

「えっ、いつの話ですか？」

「なくなっているのがわかったのは火曜日ですが、先週の水曜日まではあったそうなのです」

犬養の講義は金曜日。しかも手元にあるものをなんでもかんでも白衣のポケットに詰め込む癖がある。だから、知らず知らずのうちに持って帰ってきている可能性は大いに考えられた。

しかも坂出は紛失が発覚した時点で可能性のある教員に確認をお願いするメールを送ったそうだ。だが、まったく返事がなく、仕方ないので一人一人を訊ねて回っているのだという。

どうして教授という生き物は揃いも揃ってメールを読まないのだろうか。佑衣香はおもむろに立ち上がり、坂出と共に測定室へと向かった。

「こちらで少しお待ちください」

土壌サンプルが保管されている場所には所員しか入室が許可されていない。坂出を手前の準備室に残し、IDカードをパネルにかざしてロックを解除した。

「教授、ポケットの中にプロジェクターのリモコンが入っていませんか？」

「えぇ？　なに、急に……」

「とりあえず中身を全部出してみてください」

佑衣香の有無を言わさない命令に、測定器の操作パネルをいじっていた犬養が渋々といった様子でテーブルの前へとやってきた。転がったら面倒なので、普段は裏紙を入れているバスケットを差し出す。

「リモコンなんて入ってな……あれ、これどこの鍵だっけ」

「備品倉庫のものですね。一本見当たらないと石上《いしがみ》さんが探していましたので、あとで返しておきます」

よろしくーと言いながら続々とポケットの中身が取り出されていく。しかし、小銭入れを持っているのにどうして硬貨が大量に出てくるのか。あとくしゃくしゃになったレシートとメモ帳の量が多すぎる。

「あー！　クッキーが……」

「まぁそうなりますよね」

お土産でもらったのだろう。元は個包装された焼き菓子と思しき物体が、ものの見事に粉々になっている。あまりにも粒子が揃っているので、元からこういう食べ物なのではと思えるほどだ。

結局、持ち物検査をしてみたものの目的のリモコンは見つからない。すっかり上司が犯人だと思っていたので少々申し訳ない気持ちになった。

明らかに捨てていいものをビニール袋にまとめ、口をきゅっと縛る。小銭を本来の居場所に収めると、バスケットを元の位置に戻した。

「教授が講義をされた時、リモコンはありましたか？」

「あったあった。僕も使ったからね」

そうなるとやっぱり疑わしい。佑衣香はゴミをまとめた袋と備品倉庫の鍵を手にすると、本当に心当たりはないかを念のために訊ねた。犬養はしばし唸ってから小さく「あ」と呟く。

「倉庫に仕舞ったのがそれだったのかも」

「はいっ!?」

「そうだそうだ。土曜日だったかな？　どこのかはわからないけど戻しておこうと思って、その鍵を借りたんだよ」

先週の土曜日は礼悠との予定が入っていた。もしこれまでのように出勤していれば、佑衣香にリモコンを渡してきたに違いない。タイミングの悪さに思わず溜息が出そうになった。

「どのあたりに置いたかはわかりますか？」

「うーん……あの、左側にある色々小物が入っていた箱に放り込んだかな」

そう言われてすぐわかったものの、随分と厄介な場所に入れてくれたものだ。なにせそのコンテナには不要なケーブルや、今や用途がわからなくなった部品がぎっしりと詰まっている。隙間に入り込んでいないことを祈りつつ、準備室へと急いで舞い戻った。

「すみません……教授が犯人でした」

「そ、そうですか。でもあの、わかってよかったです……」

「うーん、すぐに見つかるといいのですが」

とりあえず状況を確認してみなくては判断できない。佑衣香は坂出を連れて廊下を進んだ。

備品倉庫は実験室と実験室の隙間を活用しているせいで幅が狭く、奥行きがある。それなのにスチールラックが両側の壁を埋め尽くしているから、二人の人間がなんとかすれ違える程度の通路しか残されていない。

ここもいつか整理しようと思っているのだが、日々の仕事に追われてなかなか手が回っていない。だが、そろそろ棚に押し込められている段ボール群が崩落するのは時間の問題だろう。

「このコンテナに入れてしまったみたいです……」

「えっ……！　ここ、ですか」

坂出は雑多なものが詰め込まれている巨大な箱を前に絶句した。たしかに、佑衣香が最後に見た時よりも確実に中身が増えている。そしてざっと確認した限りではあるが、目的のリモコンの姿は見つけられなかった。

「この状態で探すのは難しいので、大変申し訳ないのですがお時間をいただいてもいいですか？」

一旦コンテナの中身を全部出さないといけないが、まずは広い場所へ運び出さなくてはならない。そして運び出すには段ボールを片付けて通路を広げないといけないだろう。とにかく人の手と時間が必要なので、すぐに対応するのは難しかった。

今は予備のリモコンを使っていると言っていたから猶予はあるはず。申し訳ない気持ちでいっぱいになりながらそう伝えると「わかりました」と了承してくれた。

「はぁ……ちょうど私がいない日に、犬養教授が持って帰ってきたことに気付いたらしいんですよ」

「そういえば、最近の浅霧さんは土日の出勤が減っていますよね」

「あー……そう、かもしれません」

研究所は基本的にカレンダー通りの稼働だが、一度実験が始まると曜日どころか昼夜問わず計測器に張りつくことだって珍しくない。それがなくても終わりきらない仕事を片付けるのに休日出勤を余儀なくされていたが、妹の身代わりを務めるために休む日が増えていた。

だから坂出の指摘は紛れもない事実。だが、妙な引っかかりを覚える。

ちらりと様子を窺うと、先ほどまでのおどおどした様子はなく、なぜか悠然とした微笑みを浮かべていた。

「髪もずっとパーマをかけていたのに、一ヶ月くらい前にストレートにしましたよね」

「えぇ……まぁ」

同じ敷地内とはいえ、大学の事務棟と研究所の間には教室棟と図書館がある。佑衣香の記憶では最後に彼と顔を合わせたのは半年以上前だったはず。それなのにどうして、ストレートにした時期まで正確に把握しているのだろう。

「前の方が似合っていたのに、相手の好みなのですか？」

「あ、あの……なんのお話、でしょうか」

「ですが、淺霧さんがそんなことでポリシーを変えてしまう人だとは思いませんでしたよ。とても……残念です」

はぁ、と大袈裟な溜息をついているのは、本当にあの気弱な男なのだろうか。

積み重なった違和感が徐々に恐怖へと姿を変えていく。だが、ここで怯んだら相手の思う壺だ。佑衣香は困ったような顔を作ると、薄ら笑いを浮かべる男からさりげなく距離を取った。

「髪はただ単に飽きたので変えただけですが、そんなふうに捉える方もいるのですね。ちょっと驚きました」

「飽きた……ですか。淺霧さんは入所された時からずっと変えていなかったのに、休みが増えたタイミングで髪型を変えたんですよ？　恋人ができたと考えるのは当然じゃないですか」

佑衣香の休日出勤が減り、ヘアスタイルを変えたのは事実だが、その理由は完全なる見当違いだ。それなのにこの男は、まるでそれが揺るぎない真実かのように語っている。

しかも断定する口調は明らかに佑衣香を責めていた。

この男と二人きりでいるのは――危険だ。

脳内で真っ赤な警告ランプが表示された瞬間、素早く身を翻して扉に向かった。

もう少しでドアレバーに右手が届く、というところで身体が後ろに引っ張られた。

「きゃあっ！」

「まだ話は終わっていませんよ」

まさか、白衣を摑むなどという暴挙に出てくるとは思わなかった。よろけた拍子に肩を押され、佑衣香は積まれたプラスチックコンテナの上に勢いよく尻もちをついた。

急いで立ち上がろうとしたが、目の前にひょろりとした男が立ち塞がる。いつもの怯えた様子は微塵も感じられず、満面の笑みを浮かべてこちらを見下ろしていた。

「恋人をつくっただなんて、ちょっとした気の迷いですよね？」

「あ、の………」

「はやく目を覚まして、研究一筋の浅霧さんに戻ってください。あ……もしかして、僕が見ているだけでなにもアプローチをしないから拗ねたんですか？」

なにを言っているのかまったく理解できない。そもそも坂出とはこれまで顔を合わせた回数は片手で足りる程度で、会話は仕事に関することだけ。

異性として意識したことなど一度も無いし、むしろ苦手なタイプに入る。だけどこの男の脳内にいる佑衣香は、坂出の気を引きたいがために恋人を作ったことになっているらしい。勘違いにもほどがある。

「違います！　勝手に……」

「うーん、困りましたね。僕はそういうことをしない主義なのですが、浅霧さんがどうしてもというならお付き合いしてあげてもいいですよ」

佑衣香の言葉にはまったく耳を貸さず、妄想をさも現実のように語る姿にぞっとする。心臓が嫌な音を立て、指先が冷たくなってきた。

坂出が一歩、こちらへ近付いてくる。身を捩って逃れようとしたら素早く伸びてきた手に腕を掴まれた。

「放してくださいっ！」

「ほら、素直になって。特別に付き合ってあげると言ってるじゃないですか」

佑衣香が抵抗すると坂出が微笑みながら自分勝手な説得を試みてくる。だが、その口調からは苛立ちが感じられ、焦りが急激に膨らんできた。

「勝手に決めつけないでよっ！」

渾身の力を籠めて腕を振りほどく。その拍子に眼鏡が飛んでしまったが、佑衣香はそれに構わず立ち上がると扉を開けようとした。

「おい、待てってば！」

「いたっ!!」

一つに結んだ髪が引っ張られたが佑衣香は抵抗をやめない。必死でもがいていると扉の向こう側から足音が近付いてきた。

音に動揺したのか、髪を摑む力が僅かに緩む。その隙を逃さず、ドアレバーを押し下げて扉に体当たりするように廊下へと飛び出した。

「あっ……」

「危ないっ！」

勢いがつきすぎた身体はバランスを崩し、右肩を下にして倒れていく。頭が床にぶつかりそうになる寸前、強い力で引き上げられた。

胸元に額が衝突したものの、跳ね返ることなくしっかり抱き留められる。覚えのある感触と匂いに安堵したせいか全身からへなへなと力が抜けていった。

見上げた先には困惑を乗せた端整な顔がある。礼悠へなんとか状況を伝えようとするが普通に息をすることすらままならない。喘ぐように喉を震わせると背中にそっと手が添えられた。

「大丈夫です。ゆっくり息を吐いて……はい、今度は吸いましょう」

低く落ち着いた声と温もりに助けられ、ようやく息苦しさから解放される。

「えっ……浅霧さん、どうしたの!?」

これは隣の席の木多の声だ。身を屈めて覗き込んできた顔には驚きと焦りの色が浮かんでいた。

「この部屋に誰かがいるのですか」

まだ声がうまく出てこない。それでも小刻みに何度も頷くと、労わるように優しく背中を撫で下ろされた。

「木多さん、警備の人を呼んでください」

「は、はいっ！」

廊下を走る音が遠ざかっていく。礼悠は入れ替わりでやってきた古賀達に扉を見張るように命じると佑衣香にそっと話しかけてきた。

「浅霧さん、立てますか」

「は、い……」

なんとか落ち着きを取り戻し、か細い声で答える。支えられたままゆっくり立ち上がると髪が頰を撫で、留めていたヘアクリップが外れていたことにようやく気がついた。

廊下には見当たらないので、きっと中に置いてきてしまったのだろう。だけど取りに戻れるほど図太い神経はしていなかった。

「すみま、せん。ご迷惑を、おかけしました……」

「お気になさらないでください。怪我がなくてなによりでした」

いくら緊急事態だったとはいえ、これ以上は世話になるわけにはいかない。無意識のうちに右腕を摑んでいた手を放すと、高そうなスーツに皺が寄っていた。

ほどなくして複数のせわしない足音が近付いてくる。そちらを見遣れば木多の他に顔見知りの警備員と第二研究室の助手、神部晴美《かんべはるみ》の姿があった。

「先に浅霧さんには移動してもらいましょう」

「第二会議室を取ったから、まずはそこに行こう」

晴美は礼悠から佑衣香を受け取り、肩に手を添えて支えてくれる。促されるまま、エントランスとは逆方向にある小さめの会議室へと歩きはじめた。

「ごめんなさい。忙しいのに……」

「いいから。今は余計なことを考えないで」

未だに混乱の最中にいる佑衣香は、頷くので精一杯だった。

◇◆◇

土曜日――。

元々、礼悠とは夕方からの予定だった。だが、前日になって急ぎの用事が入ったと連絡があり、佑衣香は忙しいのであれば日を改めましょうと返事した。だが、どうしても会いたいと押し切られ、夜に件のホテルで待ち合わせることで落ち着いた。

なお、病気のふりをする案は母親に「心証が悪くなる」という理由であっさり却下された。それ以上は話をする気になれず、スマホは近いうちに買うので必要ありません、と佑衣香の判断で先送りするに留まっている。

正直なところ、そろそろ身代わりにも限界がきている気がしてならない。それでも会うと決めたのにはれっきとした理由があった。

「お仕事お疲れ様でした。そしてあの……先日は、姉が大変お世話になりました」

妹のふりをした佑衣香は、礼悠と顔を合わせるなり開口一番にお礼を告げる。とにかくこれだけは真っ先に伝えなくてはと意気込んでいたので、ようやく肩の荷が下りた気がした。

礼悠もまた気にかけてくれていたのだろうか。水を向けるなりすっと表情を硬くした。

「いえ、私はたまたま通りかかっただけです。その後はいかがですか?」

「詳しいことは話してくれませんが、問題は無事に解決したそうです」

「そうですか。安心しました」

私もです、と返しながら佑衣香は内心で苦笑いする。

実は今回の件について、家族には詳しくどころかまったく伝えていない。きっと話したところで、母親からは「どうせあんたが色目を使ったんでしょ」と嫌味を言われるのが目に見えていた。

嫌な思いをするくらいなら黙っていよう。そんなふうに考えるようになったのはいつからだったか、今となっては思い出せなかった。

佑衣香がただの同僚――いや、それ以下の関係だと思っていた坂出に襲われかけてから早くも五日が経っている。とはいえ、色々な出来事がありすぎたせいで、そんなに日が経っているという実感はなかった。

摑まれた腕や髪を引っ張られた衝撃を受けた首など、未だに身体のあちこちが痛むものの日常生活に支障がないのが不幸中の幸いだろう。

あまりにも怒濤の展開すぎて頭がついていかなかったのだが、一昨日あたりからようやく現実として受け入れられるようになってきた。

あの時、礼悠がタイミングよく通りかかったのはまったくの偶然だったらしい。打ち合わせが終了した直後にスマホへ着信があり、一人で先に出ると声の響かない場所へと移動した。そして通話を終えて戻る途中で言い争う声が聞こえ、何事かと足を止めたところに佑衣香が飛び出してきたという。

だが、いくら偶然だったとはいえ、あそこで抱き留めてもらえなければもっと酷い怪我を負っていたかもしれない。

あるいは坂出に倉庫へと連れ戻され——その先は想像すらしたくなかった。

木多から聞いた話によれば警備員と共に備品倉庫へ乗り込んだ時、坂出は窓からの脱出を試みている真っ最中だったそうだ。だが、防犯の目的で外側から設置されている鉄格子に阻まれ、あえなく捕獲された。

しかも佑衣香の悲鳴は廊下まで届いていたというのに、坂出は暴行の事実を真っ赤な嘘だと言い張ったらしい。

だが、彼のスマホに保存されていた画像の数々が証拠となった。

なんとあの男は出勤する佑衣香をほぼ毎日、図書館の陰で待ち構えては撮影していたのだ。大学が休みである土日も待っていたらしい、と教えられた時はさすがにぞっとした。

しかも坂出は、事情聴取の場でも自分と佑衣香は両想いなのだと主張したというではないか。「仕事中に何度も電話でアプローチを受けた」と自信満々に語っていたようだが、この点は佑衣香本人も含め、研究所のスタッフ達が揃って「絶対にありえない」と証言してくれたことで虚言だと証明された。

大学側からも正式な謝罪があり、坂出進の懲戒解雇によって衝撃的な事件は無事に幕を閉じたのだった。

しかし、佑衣香のどのあたりがあの男のセンサーに引っかかったのだろう。人の心とは本当にわからないものだとしみじみ思っていると、隣から伸びてきた手が優しく頰を撫でた。

「必要であれば専門のカウンセラーを紹介します、と伝えてください」

「お気遣いありがとうございます。ですが、そこまでしていただくのはさすがに申し訳ないです」

大学からも医療センターに併設されているカウンセリングルームを紹介されている。だからなにかあればそちらへ行くつもりでいたが、礼悠がそこまで配慮してくれるとは思ってもみなかった。

やんわりと遠慮したのが気に入らなかったらしい。見上げた先にある顔に不満の色が乗せられた。

「貴女の家族ですから、私にできることがあればなんでも言ってください」

「……はい、伝えておきます」

つまり礼悠は佑衣香本人を心配しているのではなく、未来の妻の憂いを晴らすのが目的なのだろう。とてもありがたいと思う反面、素直には喜べなかった。

それでもなんとか笑顔を作ったというのに、礼悠の表情はどこかすっきりしない。もしかして喜ばなかったことが不満だったのだろうか。申し出自体には感謝していると改めて伝えた方がいいかもしれない、と開きかけた唇を優しく塞がれた。

不意を突かれた佑衣香の右手がなにかを掴もうと虚空を掻く。だがそれもすぐに大きな手に捕らわれ、指を搦めるようにして繋がれた。素早く腰へ回された腕に引き寄せられ、強固な肉体の檻へと閉じ込められる。

「……は、ぁ……っ、ろく、ろぎ、さ…………んんっ」

息継ぎの猶予は辛うじて与えてくれたものの、すぐに塞がれてしまった。舌先で上顎を擽られ、堪らず身を震わせると小さく笑ったような気配が伝わってくる。きっと未だに初心な反応をするのが可笑しいのだろう。

とはいえ、これに慣れる日が来るのだろうか。徐々に意識の輪郭が朧げになっていく佑衣香の耳に低く甘い囁きが届いた。

「そろそろ、名前を呼んでくれませんか?」

「……え?」

「下の名前で呼んでください」

聞き間違いかと思いきや、そうではなかったらしい。

だが、本物ではない佑衣香が彼の名前を口にするのは賢明ではない。躊躇う気配を見せると催促するように唇を柔く食まれた。

「いつまでも他人行儀なのは寂しいです」

ねだるような声が身体の芯を震わせる。言うまで解放するつもりがないのか、礼悠は腰をしっかり抱えたままこちらを見つめていた。

「その、ちょっと……すぐには、難しいです」

「だったら、少しずつ慣らしていこうか」

お手本を示そうとしたのか、砕けた口調になる。急に距離が近付いた気がして、ただでさえ乱れつつあった鼓動が更に高まりはじめた。

どうしよう、このままでは……。

「ほら、言ってごらん」

静かな口調で命じられた瞬間、お腹の奥がずくんと疼いた。強い眼差しに操られるかのようにゆっくりと唇が開かれていく。

「あや、ちか……さ、ん」

恐る恐るといった様子で紡がれた呼びかけにくっきりとした瞳が細められる。はい、という返答と共に唇が重ねられた。右手が解放されたと思いきや、今度は後頭部を押さえて逃げられなくされる。

「んっ……ふ、ぅ…………」

鼻から高く甘い声が抜けた。礼悠はそれに気をよくしたのか、キスを深いものへと変えつつソファーから抱き上げられる。足早にベッドへ運ばれた佑衣香の身体からはあっという間に衣服が取り払われた。

妹の婚約者と会う時の身支度には普段の倍以上の時間をかけている。それが瞬く間に崩されるのが少し悔しくて、だけど勝手に身体が潤んでしまう。決して許される行為ではないというのに抗えない自分がいた。

「ま、またっ……そこ、ばっかり……や、んん……っ！」

胸元に埋められた頭を引き剥がそうとしたが、指先にうまく力が入らない。前髪を乱された礼悠は愉悦に染まった目を細めながら、駄目押しするかのように口に含んだ胸の尖りをきつく吸い上げた。

「ひゃうっ！」

「貴女の反応が可愛らしくて、つい」

咥えたまま喋らないでほしい。無駄な抵抗とわかっていても目の前にある少し硬い髪をかき混ぜているとようやく解放してくれた。

絶え間なく注がれる快楽から逃れられたというのに、今度はてらてらと光る先端が視界に映る。羞恥が一気に高まって思わず顔を背けると頬にちゅっと唇が押し当てられた。

「望み通りやめたのに、どうしてこっちを見てくれないのかな」

「恥ずか……しい、です」

自分の乱れた姿が礼悠の瞳に映っている。そんな光景を想像するだけで頭が爆発しそう

になる。しかも、恥ずかしがるのを見て楽しんでいる節があるから始末が悪い。

案の定、耳に押しつけられた唇が「可愛い」と囁いてくる。佑衣香は堪らず身を捩り、うつ伏せになって顔を枕に伏せた。

「なるほど、そうきたか」

笑いを含んだ声が耳朶を打ち、うなじを隠す髪がかき分けられていくのを感じる。そこに押し当てられた熱くて柔らかなものがちゅうっと音を立てて吸い上げてきた。

「やっ……！　痕、つけない……っ、でっ…………だ、めっ！」

しかもそれに飽き足らず、今度は歯を立てられた。まるで獣が捕らえた相手を屈服させる時のような仕草にびくびくと反応してしまう。

少し痛くて怖いのに、どうして身体が潤んでしまうのだろう。枕に顔を埋めた佑衣香が唇を引き結んで必死で声を抑えようとすると、今度は背骨に沿ってゆっくりと唇が滑り落ちていった。

「ん、ん…………っ」

身体を震わせながら背中を擽っていく感覚に必死で耐える。そんな反応ですら礼悠を悦ばせる材料にしかならないのか、時折這い上がっては反応が大きかった場所を執拗に舐っていった。

「はっ……あ、んん…………っ、やっ、あっ！」

腰の窪みまで到達すると、またもや強く吸いつかれる。派手な破擦音を立てられた刹那、すぐ下にある双丘を大きな手がするすると撫ではじめたと思いきや――ぴくりと指先が揺れた。

どうしたのかと問うより先に愛撫が再開され、上げかけた顔が再び枕へと沈められる。太腿の裏側を軽やかなタッチで触れていた手が腰を抱え、あっさりと持ち上げられた。

「なっ、に………？　ひあああっ!!」

膝を立てる体勢にされ、充血して膨れあがった秘豆が指先で嬲られる。しとどに濡れた肉唇を割り開かれると、すっかり雄を受け入れる準備が整った場所が外気に晒された。

恥ずかしさから逃れようとしたのに、もっと恥ずかしい恰好をさせられている。慌てて身を起こそうとしたものの、内側に侵入してきた指に動きを封じられた。

内側の状態をたしかめているのか、浅い場所をぐるりと撫でられた途端、蜜が溢れ出てきたのを感じる。

「あぁ、もう大丈夫そうだね」

「んっ……」

嬉しそうな声と共に指が抜かれ、佑衣香は腰を震わせた。そして逃れる隙を与えられないまま、ずるずると張りつめた肉茎を含まされる。息が止まりそうなほどの圧倒的な質量に身体が自然と逃げを打つ。だが、伸ばしかけた右手はあっさりと捕まり、シーツへと縫い留められた。

「ま、って…………ふかっ……す、ぎ……ああああ――――ッッ‼」

ゆっくりと、だが一度も戻ることなく内側が礼悠によって侵食されていく。上から圧しかかられ、背中に逞しい肉体が触れていると気付いた瞬間、勝手に反応してしまったらしい。耳元で低い呻き声が響いた。

「……ゆい、は、本当に良い反応をしてくれるな」

吐息交じりに紡がれたその声は所々が不明瞭だった。「ね」が掻き消されたせいで図らずも友人達が佑衣香を呼ぶ名と同じになり、じわりと目の奥が熱くなってくる。

――勘違いしては駄目。

この人は妹が結婚する相手であり、佑衣香を妹だと思っているのだ。だから自分の渾名を呼ばれたからといって喜ぶべきではない。

「もう、無理……でっ、す…………んんっ…………」

「本当に？　ゆい、の身体は、もっと……欲しがっている、ようだが」

ああ……まただ。奥を小刻みに突きながら艶めいた声がその名を呼ぶ。

止めてほしいのに止めてほしくない。相反する感情に翻弄された身体は急激かつ確実に高められていき、遂には声を出す余裕もなく達した。

「そろそろ、顔を見せてくれ」

「んんっ…………ま、まって……くだ、さ……」

まだ勢いの衰えない肉茎がずるりと抜けていく感覚で、霧散しかけていた意識が形を取り戻す。肩を摑んで仰向けにしようとする力に抗ったものの、絶頂の余韻に浸る身体ではなにもできなかった。

枕に擦れてメイクが崩れていないだろうか。そんな佑衣香の心配をよそに礼悠が脚の間に陣取る。身を屈めて顔を覗き込んでくるなり、額に張りついていた髪を撫でるように払ってくれた。

「ゆいは本当に可愛い……」

両膝を左右に大きく割られ、すぐさま礼悠が腰を寄せてくる。再び咥え込んだ肉茎は先ほどと変わらず、いや――勢いを増している気がした。

「あやっ……ちか、さん……ま、待って…………なんか、おっき……い……？」

「さぁ、誰のせいだろうね」

「誰……って……ん、んん……っ！」

柔らかく解れた隘路を容赦なくこじ開けられ、佑衣香は圧迫感に身悶える。だが、礼悠が腕の中にしっかりと閉じ込めたせいで身動きが取れなくされた。足の方からせり上がってきた快楽が逃げ場を失い、身体の中で暴れまわる。

暑くて息が苦しい。そして少し怖いのに、それすらも気持ちいいと感じてしまうなんて一体どうしてしまったのだろう。

縋るものを欲した手ががっしりとした首へと辿り着く。そのままぎゅうっと身体を寄せれば、耳元でごくりと喉を鳴らす音が響いた。

「ゆい……もう一度、イッてみせなさい」

「えっ、で……も、さっき……」

そんなに連続でされたら頭がおかしくなってしまう。佑衣香の抗議を無視し、礼悠はまだ荒い呼吸を繰り返す唇を塞ぎ、最奥を抉るように腰を揺らめかせはじめた。

弱い場所を執拗に責められたせいで、またもや視界が白んでくる。

「おっ、ねがい……ゆるし、て…………っ、あああぁ――――ッッ!!」

目の前で閃光が弾け、身体が制御を失う。がくがくと震える身体は逞しい腕に囲われ、後を追うように内側で吐き出された白濁の熱を膜越しに感じた。

礼悠の首に巻きつけていた手がとさりと音を立ててベッドへと落下する。そろそろ肉体的にも精神的にも限界のようだ。

すべてが急激に遠ざかっていく中、とても都合の良い声が聞こえてくる。

「ゆい、か………」

返事ができたかどうかをたしかめる間もなく、意識は深い闇へと沈んでいった。

第三章　不可逆の関係

――昔から手を動かすのが好きだった。

目の前のことに集中すれば、周囲の音が気にならなくなる。気持ちを落ち着けるのにはうってつけの方法だった。

たとえ白波が立つほど心がざわめいていたとしても、黙々と作業をしていれば次第に凪いでいく。ずっとそうやってマイナスの感情を受け流してきた。

「…………はぁ」

それなのにどうして、今回に限ってそれがうまくいかないのだろう。佑衣香は消毒が終わったものをトレイに載せ、収納棚の方へと歩きはじめた。

器具を所定の位置に戻していると実験室の扉が廊下側から開かれる。手を止めて振り返ると、六路木ケミカルの主任研究員である古賀が入ってきた。どうやら以前の反省が活かされたようだ。

「こんにちは。どうかなさいましたか？」

「お忙しいところすみません。ちょっとお訊ねしたいことがありまして」

「はい、どういった件でしょうか」

　彼は機器使用の申請書について訊きたいと告げる。佑衣香がすぐ対応しようとしたが、古賀は片付けが終わるまで待つと言ってくれるではないか。

　トレイにある残りは僅かなのでその申し出に甘えさせてもらうと、後ろからじっとこちらを見つめているのに気がついた。

「あの……なにか気になることでもありますか？」

「いえいえ！　すみません。いつも綺麗に整理されているなぁと感心していました」

　たしかに器具の名称がラベルで貼られたコンテナが整然と並んでいる。しかもそれだけではない。各ボックスにはその器具が収納されるべき数もしっかり書かれているのだ。

「ビーカーも箱ぴったりの数が収められていて、どれを仕舞い忘れているのか、一目瞭然になっているのがわかりやすくていいですね」

「あはは……こうでもしないと、ちゃんと片付けてくれない人ばかりなものですから」

　当然ながら使っていれば破損することだってある。その場合には壊れ物専用の箱に入れてもらい、箱にくっつけてある小さいノートに日付と壊したものと人を書いておくように徹底されている。そして助手が定期的にチェックし、備品の補充を行うことによって決まった数量を守っているのだ。

佑衣香の説明を古賀は感心したように何度も頷きながら聞いている。だが、これは備品管理に面倒な決まり事が多い公立研究所だからこその運用方法だ。一般企業であればここまで厳しくする必要はないのではないか、という指摘に古賀は苦笑いを浮かべる。

「それはそうなのですが、ストックがあるのに追加で発注してしまうとか……ミスが多いんですよ」

「なるほど。そういう理由でしたか」

それほど簡単に追加発注の申請が通るのが心底羨ましいが、指摘するのはあまりにも切ない。代わりにストックされている備品の管理方法を聞かれてもいないのに説明しておいた。

「へぇ……そこまで徹底しているんですね」

「ちなみに在庫を狂わせる筆頭は犬養教授と所長です」

「あははは！　なんかわかります……って言ったら失礼ですかね」

「いえ、紛うことなき事実ですから」

犬養にいたっては愛用のマグカップを割ってしまい、五〇〇ミリリットルのビーカーを持ち出して代用していたことがある。危ないからやめるよう頼むと、まさかの台詞が返ってきたのだ。

「『大丈夫、高圧蒸気滅菌器《オートクレーブ》にかけてあるから！』って……そういう話じゃないんですが、最後まで理解してもらえませんでした」

　高温高圧でほとんどの菌が死滅するので、たしかにカップとして使っても問題はない。常識を前提として説得するのは早々に諦めた佑衣香は、ステンレス製のマグカップを即行で買い求めると同時に厳しい在庫管理ルールを制定すると決めたのだ。

「あー……えぇと、理論としては正しいですが、ねぇ……」

　古賀は精一杯フォローしてくれたものの、明らかに引いている。これで犬養がどれだけ奇人なのかをわかってもらえたはず。片付けを終えた佑衣香は「お待たせしました」と伝えてから打ち合わせスペースへと案内した。

　第三者に記入方法を説明してみると、改めてこの申請書がいかに面倒かつ難解なのかを実感する。念のためにあらゆる情報を書き込ませてはいるものの、実際はこの半分も必要がないはず。

　もう少し項目を減らせないか相談してみようと心に決めると、古賀と共に実験室を後にした。

「お手間を取らせて申し訳ありません」

「いえいえ、こちらこそ。この説明でご理解いただけましたか？」

「はい、次からは大丈夫だと思います」

六路木ケミカル側の窓口でもある彼は優秀なだけでなく気配りも上手で、しかも常識人である。研究者としては珍しいタイプだろうが、やり取りがスムーズにできるのでとても助かっていた。

もし彼が同僚だったら、きっと快適に仕事ができるに違いない。とはいえ、給料は雲泥の差だろうから引き抜きはまず不可能だ。廊下を並んで歩きながら、ついついそんなことを考えていると、いつの間にか仕事以外の話へと脱線していた。

「なるほど。古賀さんは焼酎派なんですね」

「九州出身なものですから自然にそうなってしまいました。浅霧さんはお酒だとなにがお好きですか？」

「うーん……特にこれ、というのはあまりないですね。あ、ちなみに焼酎は炭酸割りが好きなので、古賀さんには邪道だと怒られるかもしれません」

スタンダードな飲み方ではないので気を悪くするかもしれない。そんな心配をよそに古賀は声を立てて笑った。

「まさか、そんなことで怒りませんよ」

「本当ですか？　前にお店で頼んだら、隣のお客さんからちょっと文句を言われたことがあるんです」

とはいえ、相手は酔った中年男性だったので気にはしていない。だが、その酔っ払いは自分は九州出身なのだと名乗った上で「炭酸なんかで割ったら焼酎の風味が消えるだろ！」と主張していたから、あながち間違いではないだろう。

「こだわりは否定しませんが、どんな飲み方をするかは個人の自由です。あぁでも、炭酸割りがお好きであればお薦めの焼酎がありますよ」

「本当ですか？　是非とも教えてください」

最近はめっきり飲みに行く機会が減っているが、妹の身代わり業を無事に終えたらひっそり慰労会をするのも悪くない。その時に新たなお酒との出会いがあれば、多少は気が紛れるだろう。

佑衣香がそこまで食いつくと思わなかったのか、古賀は目を丸くしてからにっこりと微笑んだ。

「でしたら今度……」

「古賀」

低く、唸るような呼びかけに思わず足を止める。声のした方向へ視線を向けた瞬間、肩がびくりと揺れた。

——もしかして、怒ってる？

今日は一段と表情が険しく見えるのは決して気のせいではない。礼悠の鋭い眼差しが佑衣香にまっすぐ向けられているのに気付き、慌てて頭を下げた。

「はい、なんでしょうか」

「さっきの会議であったサンプル採取の件で確認がある」

「承知しました。浅霧さん、ありがとうございました」

「いえ……またなにかありましたらお気軽にどうぞ」

古賀は申し訳なさそうな顔で会釈をすると礼悠の方へ早足で向かっていく。そのまま二人は会議室へ行くつもりらしい。佑衣香は遠ざかっていく逞しい背を思わずじっと見つめてしまった。

礼悠には先日、ちゃんと「浅霧佑衣香」としてお礼を伝えてある。その時もこれまでと変わらない態度だった、というより更に素っ気なかった。カウンセリングの件も直接申し出てくれることはなく、ただ怪我をしなくてよかったという旨の言葉を返されただけ。

それが当然の距離感だとわかっている。だが、婚約者に向ける柔らかな眼差しや優しい口調。そして、激しくも甘い愛撫を知ってしまった。

――どうして、私じゃなかったんだろう。

同じ浅霧家の娘で容姿も変わりはない。それなら結婚相手は自分でも構わないのではないかという考えが徐々に大きくなってきていた。

だが、真実を打ち明けた時――礼悠はどう思うだろう。きっと騙していたことに怒り、婚約者どころか恋人でもない相手に身体を差し出した佑衣香を軽蔑するに違いない。

その光景を想像するだけで心臓を冷たい手で握り潰されるような息苦しさを覚えた。

こんな考えに囚われているのは今朝、久しぶりに顔を合わせた母親から近いうちに佑衣音が退院すると告げられたからに他ならない。

もう少しで身代わりの婚約者という役目が終わる。

ずっとその日の訪れを望んでいたはずなのに、今は苦しくて堪らなかった。

◇◆◇

「海外出張、ですか？」

「あぁ、アメリカに三週間ほど行くことになったんだ」

隣に座っている礼悠は、出発は明後日だと告げると深い溜息をつく。ちらりと見上げた横顔には「憂鬱」の二文字がべったりと張りついていた。

来期から始まる共同研究の準備が一段落している。だからこのタイミングなのだろうと一人で納得していると、こちらを食い入るように見つめる眼差しに気付いた。佑衣香は慌てて両手で包み込むように持っていたマグカップへ視線を落とし、レモングラスの爽やかな香りがするハーブティーで逸る心臓を落ち着かせる。

「どうか、気をつけて行ってきてください」

「あぁ。帰ってきたら結納について話し合わないといけないね」

「…………はい」

三ヶ月後には正式に婚約すると両家で決まったそうだが、具体的な日程はまだ知らされてない。だから余計なことは言わずに淡く微笑むだけに留めた。

佑衣香に教えないということは、その時には結婚する本人が出席するのだろう。

つまり――佑衣香が礼悠と二人きりで会える日は残り僅かということになる。思わず俯いて唇を噛みしめると、頬を隠した髪がするりと耳にかけられた。

「帰国するのが金曜日の夜なんだ。できればすぐ、ゆいに会いたい」

少し前から変わった呼び名に佑衣香の鼓動が大きく乱れてくる。彼にとってのそれは妹を指しているとわかっていても、どうしても喜んでしまう自分がいた。

「はい……大丈夫です」

「よかった」

金曜の夜に会うのはこれが初めて。その頃は犬養が指導している大学院生達が実験に来ているが、測定が始まっているはずなので定時で帰っても問題ないはずだ。

なんとか笑顔に戻った佑衣香が顔を上げると、先ほどと変わらず礼悠がこちらをじっと見つめている。なにか言いたげに薄く開かれた唇は、音を紡ぐ代わりに頭頂へと押し当てられた。

「本音では、貴女を連れていきたい」

「えっ⁉　それはちょっと、急すぎます……」

「そうだな。しかも今回はなかなかの強行軍で移動も多いから、諦めるしかなさそうだ」

実際のところは急じゃなくても難しいが、仕事をしていない佑衣音が断る口実はこれしか見つからなかった。いずれにしても現実的ではない提案だというのに、礼悠は心底がっかりした顔をしているのがなんだかおかしい。

「忙しいでしょうけど、無理はしないでくださいね」

「ありがとう」

二人の間に沈黙が落ちる。魅入られたように礼悠の目を見つめていると、手にしていたものがそっと奪われた。ことん、とテーブルに硬いものが置かれる音が響く。戻ってきた手が頰に添えられ、引き寄せられる力に抗うことなく目を閉じた。

重なった唇から柔らかな感触と熱が伝わってくる。身代わりになってから何度も経験しているはずなのに、鼻の奥がつんとして涙が出てきそうになってきた。咄嗟に堪えようとしたが間に合わず、目尻から透明な雫が零れ落ちてくる。

「…………ゆい？」

「あっ……ご、めんな、さっ……い」

どの感情が連れてきた涙なのか、佑衣香自身でもよくわからない。急いで拭おうとした手は優しく握り込まれ、柔らかな弧を描いた唇が溢れてきたものを受け止めてくれた。

「もしかして、寂しいと思ってくれているのかな？」

「……………はい。寂しい、です」

礼悠は三週間の別離のことを言っているのだろう。だが、佑衣香の寂しさはまったくの別物だった。そう遠くない未来、優しい眼差しとキスをくれた相手は妹と結婚するのだ。礼悠とはこれからも顔を合わせるだろうが、その時はあくまでも仕事相手として接しなければならない。

それが寂しくて、苦しくて——辛かった。

「私も会えないのは辛い。できるだけ早く帰ってくるから、少しだけ我慢してくれ」

「わかり、まし……た」

ひく、と喉を鳴らした身体が心地いい熱に包まれる。この感触を味わえるのも残り僅かなのかと思うと涙が止まらなくなってしまった。

泣き止む気配のない婚約者を見つめる困り顔には嬉しそうな気配が見え隠れしている。駄々をこねる幼子を宥めるように背中を撫でられた。

——もう、限界なのかもしれない。

佑衣音のふりをして会うのは次で最後にしよう。もし妹がまだ退院していなかったとしても、時期的に結納まで顔を合わせなくても不自然ではないはず。

でも、その後は？　当初はそういうつもりがなかったとはいえ、ベッドへの誘いを断らなかったのは佑衣香自身の選択だった。だから礼悠だけに責任を押しつけるつもりは毛頭ない。

今となってはどうすべきだったのかわからなくなってしまった。いくつもの感情が渦を巻いている頭の中とは裏腹に、すっかり躾けられてしまった身体は勝手に高まっていく。

「ゆい……摑まって」

力の抜けた身体が抱き上げられ、いつもの場所へと運ばれていく。そういえば、こうやって寝室に連れていってもらうのが好きだったっけ。柔らかな光に包まれた寝室のベッドに横たえられると、すぐさま唇を塞がれた。

「んっ……ふ、んんん………っ」

いつもより仕草のひとつひとつが強く感じるのは気のせいだろうか。まるで佑衣香の身体に刻みつけるようなキスに意識を奪われ、いつの間にか涙が止まっていた。

「ようやく泣き止んでくれたね」

「ごめんな、さい……」

「謝らなくていいよ。ほら、手を上げなさい」

甘さをたっぷり含んだ声で命令され、頭の芯がじんじんと痺れてくる。ニットのワンピースの裾は腰までたくし上げられているから、言われた通りにすればどうなるかは簡単に想像ができた。

何度されても服を脱がされるのはやっぱり恥ずかしい。だけど、佑衣香は命じられるがままに指先を頭上に向けて腕を伸ばした。背中が浮き上がると同時にするりと脱がされ、瞬く間に無防備な姿になる。

シャーベットオレンジ色の下着なんてこれまで買ったことがない。いや、買おうと思ったことすらなかったというのに、この人の目に映る姿は少しでも可愛くありたいと思うようになってしまった。

「んっ……」

首筋に落とされた唇がゆっくり下へと滑り落ちていく。軽く吸いつかれる刺激に思わず身を捩ると、咎めるように柔く食まれた。

「あまり動くと、痕をつけてしまうかもしれないな」

「それっ、は……」

仕事中は脱ぎ着のしやすい服装でいなければならないので、首筋にキスマークなんかつけられたら大変なことになる。佑衣香の両手がシーツを握りしめたのを満足げに眺め、礼悠は鎖骨へと口付けてくる。

舌先でねっとりとなぞっていく感覚にぞくぞくしたものが這い上がってきた。跳ねそうになる腰を必死で押さえつけていると、胸元からくすりと小さな笑いが零される。

「あぁ……本当に貴女は可愛いな」

「そんっ、な、こと、なっ……い、ですっ」

ずっと「長女」という役割を強要されてきた佑衣香は他人を頼るのが苦手だ。学生時代は陰で「可愛げがない」と言われていたのも知っている。だから礼悠が口にするその言葉がどうしても素直に受け取れなかった。

背に回った指があっさりと留め具を外し、胸が締めつけから解放される。露わになった胸に礼悠が顔を埋めるなり強く吸いついてきた。

「言いつけを守ろうとする健気なところや……こうやって素直に反応してくれるのが可愛いくて堪らないよ」

「そこ、でっ……喋ら……ないっ、で……っ！」

熱い吐息が肌を撫でていくのがくすぐったいし、この声が直接心臓に届けられるといずれ止まってしまうかもしれない。佑衣香の切実な願いは届いたらしく、礼悠は吸いつきながら双丘を両手で弄びはじめた。

指が食い込み、胸の膨らみが卑猥な形に変えられていく。目を閉じるときつく吸われて小さな痛みが走った。

「ゆい、ちゃんと見ていないと駄目じゃないか」

「でっ……も、恥ずかしい、でっ……す…………んあっ！」

不意に先端を摘まれて反論が散らされる。またもや心臓に向けて名を呼ばれ、佑衣香は唇を引き結び、目の前で繰り広げられる淫靡な光景に必死で耐えた。絶え間なく注ぎ込まれる快楽と破擦音、そしてこちらをじっと見つめる欲に染まった眼差しに身体が否応なく火照ってくる。

佑衣香は内側で荒れ狂う熱を少しでも逃がすべく、喘ぐような呼吸を繰り返していた。やわやわと胸をいじりながら礼悠の唇が鳩尾を撫で、更に下へと向かっていく。臍下に音を立ててキスをしてから再び降下していった。

「だ、めっ！　そこは……や、っあ…………っ!!」

胸が執拗な愛撫から解放された刹那、両膝が大きく左右に開かれる。ぐっしょりと濡れそぼった秘部を眺めた礼悠は、笑みの形を取った唇をなんの躊躇いもなくその場所へと寄せた。

充血した秘豆に吸いつかれ、堪らず佑衣香が腰を跳ね上げる。だがそんな抵抗はいともも簡単に制圧され、今度は舌先で押し潰された。指とは明らかに違う、表面を隙間なく覆われるかのような感触に、早くも目の前に小さな閃光がいくつも弾けはじめる。

「こんなに膨ませて……あぁ、こっちも可愛がってあげないといけないね」

「きゃっ……ああ――――ッッ!!」

じゅぷり、と音を立てて蜜壺に指を沈められた途端、視界が真っ白に染まった。小刻みに震える腰に構わず、礼悠は指を抜き差ししながら蠢く肉襞の感触をたしかめている。

「あやち……さっ……い、ま……はっ、やめ……てっ……！」

絶頂まで押し上げられた身体は鋭敏になっていて、どんな些細な刺激でも余すところなく拾ってしまう。これ以上されたらどうなってしまうのだろう。恐怖を感じるほどの快楽に沈められ、佑衣香の目に再び涙が浮かんだ。

「私が帰ってくるまで……いい子で待っていると約束できるね？」

もしかして、不在の間に浮気するとでも思っているのだろうか。佑衣音には母親がべったり張りついているのでまずありえない。こくこくと頷いたというのに、それだけでは不満だったらしい。秘豆にかりっと歯を立てられた。

「……や、あっ!!」

「ちゃんと言葉にしなさい」

喋ってほしいのであれば最初からそう言ってくれればいいのに。思わずキッと睨みつけたが礼悠は余裕の眼差しでそれを受け止めると、またもや軽く吸いつかれた。

「ゆい、返事は？」

「ま、待って……ます、か……らっ、も……やめ……ああああ――ッッ！」

今度はきつく食まれ、視界いっぱいに極彩色の閃光が躍る。遂に身体が制御を失いガクガクと震えはじめた。

「またイッてしまったのか。本当に感じやすいな」

喜色を滲ませた声を遠くに聞きながら、佑衣香の身体がきつく抱きしめられる。震える感触を堪能するかのように隙間なく重なった身体からは激しい鼓動が伝わってきた。

「はぁ、もう、限界だ……」

心地いい感触と熱が名残惜しげに離れていく。思わず追いすがった右手はやんわりと摑まれ、指先に口付けが落とされた。

「ゆい、そのままで」

「は、い……」

まだ震えを残す蜜口に硬く張りつめた塊が押し当てられる。咥えさせられた肉茎はやけに熱くて、佑衣香の身体に再び快楽の火を灯した。

「あっ…………ん、ん……っ」

最初はただ痛くて苦しいだけだった。だけど今は痛みはなく、苦しさは心地よさへと変換されてしまう。すっかり礼悠の形を憶えさせられた身体はゆっくりと、だが着実に飲み込んでいった。

「摑まって……そう、いい子だ」

シーツを握りしめたままだった手を礼悠の首へと導かれる。汗ばんだ素肌がぴったりと重なる感触が佑衣香を陶酔の世界へと誘った。大きな手が背中に添えられると同時に上半身が起こされ、礼悠へと乗り上げる体勢に変えられる。

「…………えっ、これ……は、んん……っ」

状況を把握するより先に身体が沈んで繋がりが深くなる。礼悠はふらりと傾いだ佑衣香を素早く支えると汗ばんだ額にキスを落とした。

「あ、んっ……！」

とん、と下から突き上げてくる感覚に思わず甘い声を零す。それが気に入ったのか、目を細めた礼悠は戯れるかのように腰をゆらりと大きく揺らめかせた。

「いい眺めだな」

胸元では赤紫の輝きが揺れている。生まれたままの姿をしている佑衣香を飾る唯一の宝石を指先で弄びながら、うっとりとした口調で呟いた。

「私がいない間、決して外してはいけないよ」

「…………は、い」

「これは貴女に贈ったものだ。誰にも渡さないと、約束してほしい」

「それ、は……どうい…………んんっ……！」

不意に腰を摑まれ、更に身体を沈められた。限界まで拓かれた隘路にみっちりと肉茎が埋まり、思わず息を止める。まるで佑衣香を内側から侵食してくるような感覚にふるりと震えが走った。

先ほどの言葉はどういう意味なのだろう。もしかして、今抱いているのが本物の婚約者ではないと気付いているのだろうか。脳裏に浮かんだ可能性が期待に変わる前に慌てて否定する。

佑衣香と佑衣音を見た目で区別できるのは母親と弟だけ。それにもし、ここにいるのがあの冴えない研究所の助手だとわかっていたら、こんなふうに独占欲を丸出しにしないだろう。

「約束できるね？」

「はっ……い……………やっ、それ…………っ、だめぇ…………ッッ！」

言質を取りつけた礼悠が満足げに微笑みながらとん、と奥を突いてくる。佑衣香は心と身体を同時に掻き乱され、声をあげる余裕もなく達した。

すぐ後を追うように礼悠が小さく呻き、脈を打つ感覚と共に熱いものが膣奥で爆ぜる。この感覚が礼悠に本当に愛されているような気分にさせてくれると気付いたのは、一体いつだっただろう。

だが、この関係はもうすぐ終わる。呼吸が落ち着いてくると同時に熱が引いていくのを感じ、縋りついていた身体から離れようと背中に力を入れた。

「あっ……」

僅かに空いた距離をゼロにされる。むしろきつく抱かれ、耳を熱い吐息で炙られた。

「もう少し、このままでいてほしい……」

懇願するような声に胸がぎゅっと締めつけられる。

「は、い……」

――次に会った時、すべて打ち明けよう。

緩めかけていた手に再び力を入れ、妹の婚約者を抱きしめる。

肩口に預けた目元から、ぽろりと透明な雫が滴り落ちた。

◇◆◇

昼休憩に入った佑衣香は急ぎ足で研究所を後にする。「大学の売店に行ってくる」と周りに告げると、ついでの買い物をいくつも頼まれてしまった。

いつもなら「配達料を取りますよ?」などと軽口を叩いたりするのだが、気が急いていたせいであっさり了承してしまったのが今になって悔やまれる。坂出の一件から少々気を遣われるようになってしまったので、きっと戻ったら具合でも悪いのかと心配されるだろう。

だが、こればかりは仕方がない。休憩に入る少し前にスマホへ一通のメールが届いていた。密かに覗き見た送信者の名前に胸がどきりと鳴り、すぐに読みたい衝動を必死に堪えながら仕事を片付けてきたのだ。

礼悠が出張に出てから半月が経った。これまで二週間に一度は週末を過ごしていたが、それがなくなったお陰で滞っていた仕事が一掃できた。喜ばしいことだというのに気分はなぜかすっきりしない。

それどころか、気がつくと物思いに耽る時間が増えている。無意識のうちに何度も溜息をついていたらしく、周りから「悩みがあるなら相談してね」と気を遣われてしまうほどだった。

次に会った時、礼悠に真実を打ち明けよう。

一度は決めたものの、それが原因で破談になるかもしれない。そうすればあさぎり興産との関係にも影響するのではと思い至ってからというもの、決意が揺らぎはじめていた。

佑衣香の決意を鈍らせているのはそれだけではない。ハードな日程だと言っていたにも拘らず、三日と置かずに礼悠からメールが送られてくるのだ。

日によっては訪れた場所の画像も添付されており、こちらの近況も訊ねてくる。そうなるとどうしても返信せざるを得ないので、気がつけば今までよりもやり取りが頻繁になっている。

離れる覚悟をしなければならないのに、礼悠からのメールを心待ちにしている自分がいた。

——帰国する日が待ち遠しい。

最後の行に綴られた一文を何度も読み返し、佑衣香はきゅっと唇を噛みしめた。

◇◆◇

今夜——礼悠が帰国する。

考える時間はたっぷりあると思っていた。いや、実際にあったのだが、佑衣香が覚悟を決めるには足りなかったらしい。待ち合わせまで三時間を切ったというのに、未だに打ち明けるかどうかを決めかねていた。

緊張を紛らわそうと大学まで書類を届ける役目を引き受けると、皆が大喜びで送り出してくれる。なにせ今日は昼過ぎから横殴りの雨が降っている。荒天の日は誰が犠牲になるか、助手の間で密かな攻防戦が繰り広げられるはずなのに、佑衣香が率先して名乗り出たのだ。

礼悠からはホテルに併設されているレストランを予約した、と連絡があった。だけどこの荒天でフライトが遅れるかもしれない。分厚い雲に覆われた空を眺めながら、はるか上空に思いを馳せた。

「………あれ？」

もしかしてまたメールが来ているかもしれない。白衣のポケットからスマホを取り出すと、なぜかそこにはおびただしい数の着信履歴が残されていた。

発信元には自宅の電話番号が表示されている。

まさか、佑衣音の身になにか――？　思わず傘を閉じて図書館の入口に避難し、通話ボタンをタップした。

『はい、淺霧でございます』

「あ……佑衣香です」

応答したのは通いの家政婦だった。電話の相手が佑衣香だとわかるなりほっとしたような声になる。奥様に代わります、と言うが早いか保留音に切り替わった。

『どうして電話に出ないの⁉　何回かけたと思っているのよ！』

「仕事中は無理だよ。それで、なにかあったの？」

これまでも仕事中に私用電話には出られない、と数えきれないほど伝えているが、どうやら母親の頭には記録されないらしい。

今は不毛な会話をしている余裕が時間的にも精神的にもない。いつもより雑に躱してから用向きを問うと、電話越しに苛立った様子が伝わってきた。

『あんたねぇ……！　まぁいいわ。急なんだけど、佑衣音が退院したのよ』

「………そう。よかった」

入院していた期間がやけに長かったので、ようやく退院かと安堵する。だが同時に妙な引っ掛かりを覚えた。

ざぁ、とひときわ大きな音が鳴り、大きな雨粒が冷たい風と共に頰を掠めていく。

――どうして今日、退院したの？

天気の悪い日は佑衣音が体調を崩しやすいからと外出しない。予定が入っていてもあっさりキャンセルするのだ。退院であれば尚更、そのあたりを気にするはずなのに。

胸に湧きあがった黒い靄がじわじわと大きくなってくるのを感じながら、佑衣香は書類の束を抱える手に力を籠めた。

『今日は六路木さんが帰国するのよね』

「そう、だけど……」

心臓がどくどくと嫌な音を立てる。

お願い、やめて――。

必死の祈りも虚しく、最も聞きたくなかった台詞が耳へと流し込まれた。

「調子もいいみたいだから佑衣音に行かせるわ。お母さんもそろそろ挨拶しないといけないと思っていたし」

やっぱり――そうなってしまうのか。

スマホを持つ手から力が抜け、滑り落ちそうになる。必死で握り直しながらゆっくり深呼吸し、できるだけ明るい声を出すように努めた。

「こんな天気だけど、大丈夫？」

『あちらへ連絡をしたら車を手配してくれるそうよ』

「そ、っか……」

六路木家へ連絡したのは、レストランで母親の席を追加するためなのだろう。その手配が済んでから佑衣香に伝えてきたという事実が胸に突き刺さった。

『あぁ、そろそろ美容院に行かないと。まぁそんなわけだから、あんたはせいぜい仕事を頑張りなさい』

「まっ……！」

返事を待たず、電話はぶつりと切れる。

佑衣香は一切の音が聞こえなくなったスマホを耳にあてたまま、アスファルトに大きな雨粒が叩きつけられている光景を眺めていた。


「ご迷惑をおかけしてすみません……でも、本当に助かります」

時刻は夜の七時。

佑衣香に向かって何度も頭を下げているのは、大学院の修士二年の十島《としま》潤《じゅん》。犬養の指導を受けている彼の全身からは凄まじい疲労感が滲み出ている。

「気にしないで。とりあえずご飯を食べてゆっくり休んでね」

「はい……本当に、ありがとうございます」

修士論文に必要なデータを取るべく先週から研究所に通っているのだが、残り二日というところで思わぬトラブルが発生した。

彼の実験では、数値が変化した時に記録するよう測定器の設定がされている。だが、想定していた以上に変動が起きてしまい、記録用のハードディスクが一時間と経たずに容量がいっぱいになってしまうのだ。

とりあえずの措置としてハードディスクを追加してみたものの、それでも三時間が限界という焼け石に水の状態。根本的な対応も検討したのだが、残り日数が少ないこともあるので、二時間おきに記録データを手動アーカイブすることでなんとかしのいでいた。

その作業は十島本人がメインでやっているものの、一人で続けるのはまず不可能だ。他の大学院生や助手達も研究や仕事の合間に手伝っていた。

測定は当然ながら夜間も続けられている。昨晩も徹夜だったという十島が今晩も一人で作業をするというので、佑衣香がその役目を引き受けると申し出たのだ。

明日は土曜日だし、作業の合間に溜まっている仕事も片付けられるから一石二鳥だ。

そしてなにより――家に帰らなくて済む。

いずれは向き合わなければならない現実でも、今はまだ覚悟ができていない。まずは一晩、誰にも邪魔されない環境に身を置いて気持ちを整理したかった。

だから、これは同情や親切心ではない。十島が土下座せんばかりに感謝してくる姿に、良心が少しだけ痛んだ。

夜が深くなり、残業の常連組も次々と退勤していく。もう少しで十時になるのを確認してから、佑衣香はがらんとした助手室からノートパソコンを手に実験室へと移動した。

スマホは電源を落とした状態でロッカーに仕舞ってある。こうすれば、礼悠からのメールをたしかめたいという誘惑に負ける心配はないだろう。

ようやく平和な環境を取り戻したというのに、心は沈んでいく一方だった。そんな気分を払拭するべく、放置気味だったファイルサーバーの整理に着手する。

「………さて、どうなっているかな」

設定してあるタイマーが鳴り、キーボードを叩く手を止めて立ち上がる。大きく伸びをしてから測定器のコンソール画面を立ち上げた。十島から言われていた以上にデータ容量が増えている。

「うーん、次は一時間半で様子を見てみようかな」

一人で作業をしているというのに考えが口に出てしまうのは、寂しさを紛らわせるためなのかもしれない。そんなことをふと思い至り、佑衣香は自嘲の笑みを浮かべた。

「一人……か」

母親を説得するのが面倒で諦めていたが、そろそろ一人暮らしを本気で考える時期なのかもしれない。給料は高くないのであまり贅沢はできないだろうが、きっと今よりも心穏やかな日々が送れるだろう。

それに、佑衣音が結婚準備を進める姿を間近で見るなど、とても耐えられそうもなかった。

――好きにならなければよかった。

佑衣香がこんな気持ちを抱きさえしなければ、もっと物事は簡単だった。今日だってきっと、やっと面倒な役目から解放されると喜べたはず。

だけどその一方で、あれほど思いやりに溢れた人に惹かれないはずがない、とも思ってしまう。

――全部、夢だったんだ。

佑衣香が佑衣香である限り、この夢は決して現実にはなりえない。

目尻に浮かんだ涙を白衣の袖で乱暴に拭い、唇を引き結んでから黙々と手を動かしはじめた。

「これでよし、と……うわっ！」

データ退避の処理を終えてコンソールを閉じた瞬間、内線電話の着信音が実験室に響き渡る。びくりと身を震わせた佑衣香だが、すぐに発生源の電話機へと駆け寄った。ディスプレイを見ると発信元は警備室と表示されている。なにかあったのかと緊張しながら受話器を持ち上げた

「はい、淺霧です」

『あー……警備の佐藤《さとう》です。実はその、入館届を出されていない方が淺霧さんに会いたいとこちらに来られているのですが……』

夜の十時から朝の六時までは通常の玄関が閉鎖されている。その間は警備室の横にある通用口から出入りするのだが、届けを出していない場合、たとえＩＤカードを持っている正規の職員でも通行は許可されないのだ。

「もしかして十島君ですか？　院生の……」

こんな時間に佑衣香に用事があるとすれば彼しか考えられない。とりあえず迎えに行って、必要なら届けを出せばいいと段取りを決めた矢先、想定外の名前が告げられた。

『いえ、六路木さんという方でＩＤカードはお持ちなのですが……あっ、ちょっと！　勝手に入らな……』

ごとん！　と派手な音が耳をつんざく。徐々に制止の声が遠ざかっていき、ついにはなにも聞こえなくなった。

佑衣香の知る限り、研究所のＩＤカードを持つ六路木姓の人物は礼悠だけ。だが彼は、

近々結納を執り行う佑衣香の妹と会っているはず。

もしかして、これまでの婚約者が偽物だと気付いたのかもしれない。それで怒り狂った挙句に乗り込んできた……？　いつも冷静さを失わない彼にはあまりそぐわない行動だが、その可能性が一番高い気がしてきた。

「どう、しよう……」

できるならどこかに身を隠すか逃げ出してしまいたい。だけど、引き受けた仕事を放り出せば十島の研究が無駄になってしまうだろう。そんな無責任な真似だけはどうしてもできなかった。

だからといって顔を合わせる覚悟はまだできていない。結局はただ実験室の中心で佇んだまま、徒に時が過ぎていった。

深夜の研究所は静かなせいか昼間より音が響く。カツカツと革靴が立てる足音が徐々にこちらへと近付いてきた。

――どうしよう、どうしたらいいの。

心ばかりが焦りを募らせ、身体はまったく動こうとしない。両足がその場に縫い留められたかのように佇む佑衣香の前で、ぴたりと足音が止んだ。

「あ………」

少し乱暴に扉が開かれる。

――まだ、雨が降ってるんだ。

ぐっしょりと濡れた前髪の間から鋭い眼差しが向けられる。

部屋の中央で立ち尽くしている佑衣香を捉えた瞬間――僅かに緩められた。

「……よかった」

思わず、といった様子で零された呟きの意味を問うより先に息を切らせた警備員が入ってきた。

「本当に困ります！」

「さ、佐藤さん、大丈夫です！」

己の任務を全うすべく礼悠に詰め寄ろうとする警備員を制し、大事なお客様なのだとそっと耳打ちする。彼もまた名前に覚えがあったのだろう。渋々ながらも引き下がってくれた。

届けは後で必ず出します、と告げてから廊下へ送り出し、静かに扉を閉めた。

「あの、なにか……ありましたでしょうか？」

まだ「そう」だと決まったわけではない。食い入るようにこちらを見つめる礼悠へ、努めて何気ないふうを装って問いかける。

すると、和らいだはずの気配が一瞬のうちに険しさを纏った。

「ええ、ありましたね。貴女なら理由はわかっているはずです」

――ついに、気付かれてしまった。

この実験室は佑衣香にとって慣れ親しんだ空間。これまで長い時間を過ごし、いくつもの思い出が詰まった部屋が急によそよそしく感じられた。

一体なにがきっかけだったのだろう。もしかして佑衣音を部屋へと誘った？　いや、母親が同伴していたのだからありえない。忙しく思考を巡らせる佑衣香へ、つかつかと靴音を立てながら礼悠が近付いてきた。

咄嗟に一歩後ずさると伸びてきた手に腕を摑まれる。常に紳士な彼らしからぬ振る舞いに思わず身を震わせた。

「も、うしわけ……ありません」

「それは、なにに対する謝罪ですか？」

言い終わるより先に早口で問われ、佑衣香は言葉を詰まらせる。

拒否権は存在しなかった。それに、罪悪感も抱いていた。

だからといって礼悠を欺いていた事実になんら変わりはない。そんな身代わりの分際で六路木家の御曹司とベッドを共にしたのだ。責められるのは当然だろう。

だけど、なぜか言葉が出てこない。紡ぐ音を忘れてしまった唇を薄く開いては閉じるを繰り返していると、寄せられた眉の間に深い皺が刻まれた。

「あっ……」

腕を摑んだ手が引かれ、佑衣香は前につんのめる。なす術なく前のめりになった身体は濃いグレーのスーツを纏った逞しい胸で受け止められた。慌てて元の体勢に戻ろうとしたところをすかさず腰に回された手が阻む。

もう二度と味わえないはずの抱擁に硬直した佑衣香の耳元で、低く唸るような声が囁いた。

「どうして、約束を破ったんだ」

「…………え？」

ここは職場で、佑衣香は仕事用の服を着ている。髪は無造作にまとめているだけだし、化粧もほとんどしていない。今の佑衣香は彼の婚約者と似ても似つかない姿をしているというのに、なぜそんな質問をするのだろう。

いや、それ以前に妹のふりをしていたのを責めてこないのがおかしい。その点に気付いたのと首筋をするりと撫でられたのはほぼ同時だった。

「ひゃっ……！」

「あぁ、こっちはちゃんと守っていたようだね」

指に引っかけた鎖が引き上げられ、隠していたものが襟元から姿を現す。蛍光灯の光を受けたアレキサンドライトが赤紫色に輝き、礼悠がふっと唇を綻ばせた。

そういえば口調も随分と砕けたものへと変わっている。

もしかして、今日より前に身代わりに気付いていた……?

いつから、どうして。

いや、それよりも佑衣香だとわかっていたのに静観していた理由は?

疑問はいくつも出てくるというのに、驚きが大きすぎて声が出てこない。礼悠が婚約者へと贈ったネックレスを指先で弄んでいる様を見つめていると、頭上にふっと影がさした。

「あ、の……っ、んぅ……っ!」

問いかけの言葉は重ねられた唇によって塞がれる。しっとりと柔らかく、そして温かな感触にくらりと眩暈を覚えた。

離れなければ、という考えが頭の片隅に浮かぶ。だが、後頭部に回された手によってそれはあえなく打ち砕かれ、キスがより深いものへと変わっていった。

ついには膝から力が抜け、へたり込みそうになった身体がふわりと浮き上がる。

「一日でも早く帰国しようと、必死で仕事をこなしてきた」

抱き上げられた佑衣香は作業用のテーブルへと座らされた。太腿を挟むように両手を置かれ、額同士をぶつけられる。

「会える日を楽しみにしていたのは、私だけなのか?」

礼悠が静かな声で問うてくる。至近距離から向けられる、まるで心の奥底まで見透かそうとするかのような眼差しに佑衣香は息を呑んだ。

「わ、たし……は、その…………」

正直に伝えていいのだろうか。ここまで追い詰められてもなお、佑衣香の中には躊躇いが残っていた。

「余計なことは考えなくていい。貴女の気持ちを……教えてくれないか」

ずっと振り回され続けてきた家庭の事情を礼悠は「余計なこと」だと斬り捨てる。あまりの容赦のなさがいっそ清々しいとすら思えた。だが、生まれた時から雁字搦めにされてきた鎖はそう簡単に切れるものではない。

薄く開いては閉じるを繰り返すだけの唇へと優しい口付けが与えられる。表面を触れ合わせたまま、礼悠がじっとこちらを見つめた。

「答えなさい……佑衣香」

言葉は命令の形をしているというのに、なぜか懇願しているようにも聞こえる。ずっと呼んでほしくて、でも決して呼ばれることはないと思っていた音の組み合わせが唇と鼓膜を震わせた。

これは――夢なのではないか。急激に鼓動が高鳴り、息苦しさを覚える。ひくりと喉を震わせてからおずおずと解放された唇を開いた。

「ずっと……私、が…………本物だったら、いい、のに……って、思っていま、した」

「うん、それで？」

どうやらすべてを白状させるつもりらしい。テーブルの縁を摑んでいた手が解かれ、指を搦ませるようにして繋がれた。ぴったりと重なった掌からは熱と、決して逃がさないという決意が伝わってきた気がする。

「会い、たかった……です。とても」

「これまで伝えてくれた私への気持ちは、佑衣香の本心なんだね？」

「は、い………」

政略結婚とはいえ、せっかくできた縁なのだから良好な関係が築けるのであればそれに越したことはない。現に礼悠は当初の宣言を覆し、まるで結婚の約束をした恋人のように扱ってくれた。

権力を振りかざすことなく、家の都合によって押しつけられた婚約者を尊重してくれる男性など、もう二度と出会えないだろう。

これからどうなるのかという不安と、どうにでもなれという投げやりな気持ちが入り交じる。処理しきれなかった感情が目尻からぽろりと零れ落ちた。

「……よかった」

安堵を滲ませた囁きが耳朶を撫で、そのまま柔く食まれる。小さく揺れた身体はしっかりと抱きしめられるや否や、またもやひょいと持ち上げられた。

「あ……のっ、どこに行くんですか？」

「帰るに決まっているだろう」

礼悠がまるで当然のことのように告げるので危うく納得しそうになる。だが、設定しておいたタイマーの電子音が佑衣香を現実へと引き戻してくれた。そうだった、今は十島の修士論文のかかった実験中なのを忘れてはいけない。

「ま、まだ帰れませんっ！　重要な測定をしている最中なんです！」

扉まであと数歩というところで礼悠の足がぴたりと止まった。身を捩って「降りたい」とジェスチャーすると渋々といった様子で解放される。

「何時に終わるんだ？」

「交代の学生は朝九時頃に来ると言っていましたので、それまでは動けません」

「それなら、終わるまで待たせてもらう」

ようやく自分の足で立てたのも束の間、とんでもない空耳が聞こえた気がする。

「待つ」って……まさかここで？

「ええっ!?」

思わず驚きの声をあげると礼悠がすっと眉根を寄せ、不機嫌を露わにした。

「なにか問題でも？」

「問題って……誰かに見られたら騒ぎになってしまいます」

もう警備員には見られてしまったが、すぐに出ていってもらえば「共同研究の件で急ぎの用事があった」という言い訳が通る範囲だろう。だが、朝まで一緒にいたとなったら誤魔化せなくなる。

少し責めるような口調になってしまったが、下手をすれば礼悠の評判に傷がついてしまう。浅慮な人ではないはずなのに一体どうしてしまったのか。

このまま説得を続けたいのはやまやまだが作業の時間が迫っている。佑衣香は少し待っていてください、と言い置いてから計測器のコンソールへと足早に向かった。幸いにも数値の変化は落ち着いている。このまま乗り越えられることを祈りつつ、再び画面にロックをかけた。

「すみません、お待たせしました」

礼悠は先ほどまで佑衣香が座らされていたテーブルに凭れている。その表情は相変わらず憮然としているのでまだ納得していないのだろう。どうやって話をするべきかを思案する間もなく、逞しい身体に素早く捕らえられてしまった。

「噂もなにも、事実なのだから構わないだろう」

「それはどういう……ひゃっ！」

白衣の下に着ているニットの襟元に指がかかり、ぐいっと引き下ろされる。露わになった鎖骨に唇が押し当てられ、強く吸いつかれた。びりっと鋭い痛みが走り、佑衣香が反射的に身を強張らせる。

ようやく解放されたと思いきや、今度はその場所に舌が這わされた。またもや小さな悲鳴を漏らすと胸元から小さな笑い声があがる。

「はぁ……貴女は本当に可愛らしい」

「そんな、ことは……」

否定の言葉を紡ごうとした唇は軽やかなキスで塞がれた。ちゅ、とわざとらしく音を立てて離すなり、しっかりと抱きしめられる。

「たしかに、私がここに居たら公私混同だと言われてしまうかもしれないな。残念だが車で待つとしよう」

「あの……雨に濡れてしまいましたよね？　一旦帰られてはいかがでしょうか」

よく見ればスーツの肩部分は濡れて色が変わっている。このままにしておいたら風邪を引く危険がある。

佑衣香の提案は至極まっとうなもののはずなのに、礼悠はあっさりと却下を言い渡した。

「それはできない」

「なぜですか？」

「私がここから離れた隙に佑衣香が姿を消す可能性があるだろ」

「仕事を放り出して逃げたりしません！」

礼悠が来たと知らされた時、ほんの少しだけ本気で考えたのはさすがに言えなかった。

だけど、あの時とはまったく事情が変わっているので、逃げる理由はどこにもない。

その後も押し問答が続けられたものの、礼悠は一歩も退いてはくれなかった。

「とにかく、車で待つのが最大限の譲歩だ。いいね」

ハードな海外出張をこなし、長時間のフライトを終えてから冷たい雨に打たれたのだ。どう考えても限界を迎えているはずなのに、礼悠はそれでも待つという。

本当なら帰宅して休むように根気強く説得するべきだろうが、頑なな様子から判断するに、佑衣香がなにを言っても頑として首を縦に振らないだろう。

だからせめて、車内でもいいから少しでも長く休んでいてほしい。佑衣香はわかりましたと返してから入館届を手早く作成した。

「終わったら電話を。番号はわかるね？」

「……はい」

プライベートの情報が書き足された名刺はどこに保管しておくべきか決められず、ずっと財布に仕舞ってある。電話番号も書かれているので、そこにかけろということなのだろう。

「それじゃ、また後で」

警備員室の少し手前で立ち止まり、礼悠がすっと身を屈める。耳元でそう告げた唇がこめかみに押し当てられ、佑衣香は危うく漏らしそうになった悲鳴を必死で噛み殺した。

これは、外で待たせることに対しての意趣返しだろうか。逞しい背を追いながら、頬が赤くなっているのに気付かれないように、必死で祈っていた。


そして翌朝——英気を養った十島が時間通りにやってきた。

「浅霧さん、本当にありがとうございました！」

「気にしないで、私もついでに仕事が片付けられたから。そういえば体調はどう？」

「がっつり寝たんで大丈夫です！」

たしかに、昨晩の彼は土気色の肌をしていて今にも倒れてしまいそうだった。それが一夜明けて血色もよくつやつやとしている。たった一晩でゾンビ状態から人間に戻れるのは、やはり若さゆえだろう。

引き継ぎを済ませ、持ち込んでいたパソコンと共に助手室へと戻る。そして壁際に並ぶロッカーを開け、鞄の中からスマホと財布を取り出した。

スマホの電源を入れ、待ち受け画面になるなり凄まじい数の着信が表示される。履歴を見るまでもないが一応確認してみると、案の定すべて実家の電話番号だった。きっと礼悠に気付かれていたことを責めるつもりでかけてきたのだろう。

だが今、佑衣香がやるべきことはたった一つだけ。手にした名刺に手書きされた番号を素早く入力すると通話アイコンをタップした。

『もしもし』

ワンコールが終わる寸前で通話状態へと切り替わる。あまりの応答の速さに絶句しているとスピーカーからしっとりと低い声が響いてきた。

『佑衣香？』

「……は、はいっ」

目の前にいるわけでもないのになぜか姿勢を正してしまう。電話の向こう側で礼悠がくすっと笑いを零した。

『通用口から見える場所に車を回しておく』

「わかりました。ええっと……五分以内には出ます」

『待ってるよ』

通話を終え、大急ぎで帰り支度に取りかかる。最後に十島へ挨拶してから通用口へと向かった。

どうやら雨は上がったようだ。扉を開けるとひやりとした空気が頬を撫でる。探すまでもなく見覚えのある車が少し離れた場所に停まっている。小走りにそちらへ近付くと後部座席の扉が開かれた。

「お疲れ様」

素早く、だが優雅な仕草で降り立った男の姿に思わずぼうっと見惚れてしまう。ここに来るまでは幻覚を見たのかもしれないと少し疑っていたが、紛うことなき現実だった。

「あの、お待たせして申し訳ありません」

「そうだね。とても待った」

あっという間に車内へ押し込まれた佑衣香は言葉を失う。やはりあの時、帰宅してもらうよう説得するべきだった、と後悔するより先に肩を抱き寄せられた。

「だからもう……待たないし我慢もしないと決めた」

不意に声が近くなり、頬に柔らかなものが押し当てられる。次の瞬間、佑衣香は窓の方へと身体を寄せた。

「どうしたんだ？」

「いえ、あの……化粧がちゃんとできていないので……」

突然の泊まり仕事ではあったものの、洗面道具一式は置いてある。とはいえ、メイク道具は必要最低限、というより明らかに足りない。メイク直し用のアイテムを駆使してみたものの、礼悠の目に映すには心許なかった。

だからあまり近付かないでほしい、と暗に伝えたつもりなのだが、佑衣香の肩を抱いたまま。むしろじっくり眺めているのは決して気のせいではない。

「あまり、見ないで……ください」

「もう我慢しないと言っただろう？　諦めてくれ」

「なっ……」

一方的な宣言を押し通そうとするなんて横暴すぎる。そう抗議したいのにうっとりとした眼差しに決意を溶かされ、佑衣香は羞恥で頬を火照らせるだけだった。

「あ、の……どこに向かっているんですか？」

せめてもの抵抗にと窓の方へ顔を背けると見慣れない光景が広がっている。現在地を知るべく目印になりそうなものを探していると、背後から驚くべき答えが返ってきた。

「私の自宅だ」

「えっ？」

てっきり母親と佑衣音の待つ自宅へ送ってくれるものだと思い込んでいたが、思い返してみれば礼悠は場所を明言していなかった。

佑衣香の勘違いに気付いたらしく、肩を抱く手にぐっと力が籠められる。

「もうあの家に佑衣香を帰すつもりはない」

「あの、ですが……」

「失礼を承知で言うよ。貴女の母親は……異常だ」

きっぱりとした口調で指摘され、佑衣香は小さく息を呑んだ。一応は家族なのだからフォローするべきなのに言葉がなにも出てこない。

「そして、母親の言いなりになっている妹君もだ。あまりの常識のなさに驚いた」

「えっ……佑衣音が、ですか？」

「そう。私の質問にすべて母親が答えることに対して、なにも疑問を抱いていないようだった。彼女はいつもそうなのか？」

「すみません……そのあたりの状況は把握していませんでした」

奏美と佑衣音はどこへ行くにも常に一緒だった。パーティーにも頻繁に顔を出しているはずだが、そんな状態で会話をしているだなんて知らなかった。

そんな母親頼みの振る舞いでは入れ替わっているのに気付かれるのは当然だろう。こればかりは佑衣香に打つ手などない、と自分に言い聞かせた。

いつの間にか伏せていた視線を外に向けると、道路を左折し、ちょうど重厚な門扉をくぐり抜けている。その先に広がっているのは立派な和風庭園。まるで高級旅館にでもやってきたかのような光景に目を丸くしていると、ほどなくして静かに停車した。

「礼悠様、お帰りなさいませ」

壮年の男性が静かに扉を開く。礼悠が「あぁ」と短く応えてから車内に振り返ると手を差し伸べてくる。

「ほら、おいで」

ずっと妹のふりをしてこの手を取ってきた。本当の自分の姿で同じようにしていいのだろうか。そんな躊躇いに気付いたのか、礼悠がふっと甘く微笑んだ。

「佑衣香、来なさい」

身体の奥深くまで響く声で命じられ、操られるかのように手を伸ばす。指先が触れ合うより先に手首を掴まれ、しっかりと、だけど優しく引っ張り出された。

「あ、の……」

どうせ汚れるからと仕事着はすべてファストファッションにしている。辛うじて髪だけは丁寧に結んで整えているものの、ナチュラルにもほどがあるメイクしかしていない佑衣香がこんな立派な屋敷に足を踏み入れていいのだろうか。

気後れしていると、扉を開けてくれた男性と目が合った。

「あの、お世話に……なり、ます」

「ご丁寧にありがとうございます。佑衣香様、お帰りなさいませ」

彼が頭を下げると、後ろに控えていた女性達までもが一斉に頭を垂れる。あまりにも予想外の反応に硬直していると、腕から離れた手が背中へと添えられた。

「尾關《おぜき》、佑衣香はすぐに休ませる。私が許可するまで部屋には誰も近付けさせるな」

「かしこまりました。お食事はいかがいたしましょう」

「佑衣香、お腹は空いてるか？」

「あ、えぇっと……少し食べましたので大丈夫です」

実は明け方に備蓄してあるカップラーメンを食べたのだが、さすがにこの場で口にするのは憚られる。佑衣香が断ると尾關と呼ばれた男性がにこりと微笑んだ。

「夜を徹してのお仕事だったと伺っております。ごゆっくりお休みください」

そう言われると大層なことを成し遂げてきたかのように聞こえる。実情は決められた時間に決められた作業をしていただけなので、なんだか気恥ずかしくなってきた。

「こっちだ」

六路木家の使用人達に見送られ、佑衣香は屋敷の奥へと誘われる。おおよそ一般家屋とは思えない広さの玄関で靴を脱ぐと綺麗に磨き上げられた廊下を進む。どうやら外側は完全なる日本家屋だが、内装は洋風の要素が所々に盛り込まれているらしい。

歩きながら周囲を見回していると、隣を歩く礼悠が低い声で笑った。

「すみませんっ、つい……」

「構わないよ。明日にでも案内しよう」

それはつまり、佑衣香をここに住まわせるつもりだと考えるのが妥当だろう。だけど、どこまで本気なのかわからない。

いや――その他にもわからないことが多すぎる。言われるがままに連れてこられてしまったが、どんな状況になっているかを把握しておきたかった。

玄関のあった棟から渡り廊下を通り、離れのような棟へと案内される。窓の外を見遣るといくつもの建物が見えるので、やはり旅館のような造りになっているらしい。

「とりあえず、今日はここで休んでくれ」

「はい……」

客間に通されると思いきや、一歩足を踏み入れた瞬間にそれが勘違いだったと気がついた。シンプルながらも高級だとひと目でわかる調度品が揃っているその空間には、礼悠の気配がしっかりと残っている。

「まずはシャワーを浴びようか。こっちだ」

「あ、の……っ、その前に、少しお話をさせてください」

勢いがついて、強めの口調になってしまった。だが、意外にもその提案はあっさりと了承された。ベッドの手前にあるソファーに誘われた佑衣香は、端に腰を下ろす寸前でひょいと抱え上げられる。

「どうしてここなんですかっ⁉」

「私が佑衣香の顔を見たいからだよ。……眠くない？」

腰掛けた礼悠の太腿を向かい合わせで跨ぐような体勢にされ、思わず抗議の声をあげる。だが礼悠はさらりと恥ずかしいことを口にし、目の下を親指でするりと撫でられた。この薄化粧では隈が隠しきれていないのだろう。

「はい、大丈夫です」

むしろ疑問が頭の中を埋め尽くしていて、このままではとても眠れそうにない。佑衣香が頷くとくっきりとした目が柔らかく細められた。

「それで、話とは？」

「え……っと、結婚の話は、どうなったのでしょうか」

まずは最大の懸念事項を訊ねてみる。

佑衣香は本来の結婚相手である妹のふりをして礼悠を欺いていた。六路木家を蔑ろにしたと捉えられてもおかしくないし、それを理由に白紙に戻されても文句は言えない。

もしそれで父が大事にしていた会社が不利益を被ったとしたら……考えるだけで胃のあたりがぎゅっと縮こまった。

「当然ながら有効のままだ。むしろ結納の時期を早めようと思っている」

「それは、つまり……」

礼悠は昨晩、本当の婚約者である佑衣音ではなく、ずっと身代わりとして演じ続けていた佑衣香にわざわざ会いに来てくれた。

絶対にありえない。勘違いするなと自分を諭し、胸の奥底に沈めていた願望と期待が急激に浮き上がってくる。

「私と結婚するのは佑衣香、貴女だ」

両手で頬を包み、言葉を一つずつ言い聞かせるように告げられる。礼悠の声が全身に染み渡った瞬間、佑衣香はひくりと喉を震わせた。

——駄目。まだ、喜んではいけない。

唇を引き結び、こみ上げてきたものを喉奥に留める。小さく息を吐いてから佑衣香は言葉を続けた。

「母は、それに納得していますか？」

「そんなことを気にする必要はない。これは六路木と浅霧の縁組なのだから、相手が浅霧家の人間であれば誰でも構わない。それに……」

言葉を切った礼悠は頰を包んでいた両手をゆっくり滑り落としていく。首の側面を撫で、そこに巻きついた鎖を指先で優しく引き上げた。

「なにより私自身が、佑衣香と夫婦になることを望んでいる」

いつも佑衣香を幸せな気持ちにさせてくれる指が自ら贈ったネックレスを弄んでいる。そこに飾られているものを思い出させるような仕草に息が苦しくなってきた。

「ほん、と……に、私で、いいんですか？」

研究所の助手として毎日忙殺されている佑衣香が六路木家の嫁に相応しいとはとても思えない。周囲から反対されるとわかっていてもなお、自分を選んでくれるのだろうか。

恐る恐る訊ねると、なぜか目の前の端整な顔には不機嫌そうな表情が浮かべられた。

「残念ながら佑衣香にはもう拒否権はない。私の両親も了承しているし、あさぎり興産側にも伝えてある」

「でも……私はずっと、礼悠さんを騙していたんですよ？」

たしかに最初は拒否できない状況だった。控えめな婚約者としてつかず離れずの関係を続けていくべきだったというのに——誘惑に負けてしまった。

本当は妹ではなく姉の方でした。でも淺霧家の娘であることは変わらないのでこのまま結婚しますなんて、あまりにも虫が良すぎるのではないか。

ここまで言われてもなお、納得できない佑衣香の身体が優しく引き寄せられた。

「そうだな。だからこれからは、私に嘘をつかないと約束してくれればいい」

たったそれだけの約束と引き換えにこれまでの罪を水に流そうとするなんて、礼悠はどこまで甘いのだろう。

仕事の場では一切の妥協を赦さない彼がここまで寛容になっているのは——。

「ずっと、騙していて……ごめ、ん、なさい」

結末はどうあれ、この言葉だけはどうしても伝えておきたかった。

ずっと胸に引っかかっていたものを吐き出した途端、ぽろりと涙が零れ落ちてくる。微かな震えだったのにしっかりと礼悠にも伝わってしまったらしい。大きな手が労わるように背中を撫でてくれた。

「あぁそうだ。これを渡そうと思っていたんだ」

腰を支えていた腕が解かれ、礼悠がジャケットの内ポケットを探っている気配がする。

何事かと身を起こした佑衣香の前に濃紺の小箱が差し出された。「開けてごらん」と掌に乗せられたものは、間違いなくリングケースの形をしている。

恐る恐る開いてみると、そこには予想していた通り、細めの指輪が金色の光を放っていた。

「これ、は……」

「婚約指輪はまた別に用意するから、これは単なるプレゼントだと思ってほしい。本当はもっと早く渡すつもりだったんだが……刻印に少し時間がかかってしまってね」

刻印？　なにを？　小首を傾げて訊ねてみたが礼悠はただ微笑むだけ。気になるのであれば自分でたしかめろということだと判断し、佑衣香はケースから指輪を取り出した。

表面にも繊細な紋様が彫られているがきっと内側のことを言っているのだろう。目を凝らし、ごく小さなアルファベットを一文字ずつたしかめていった。

「読めたかな？」

「…………は、い」

「それじゃあ、なんと刻印されているか言ってごらん」

ちゃんと意味を理解しているのか、答え合わせをするつもりらしい。佑衣香はもう一度見てみようと思ったのだが、伸びてきた礼悠の手によって奪われてしまった。

「指輪に入っている刻印は…………『A to Yuika』……で、す」

ここでの「A」は礼悠を指すのは間違いない。それぞれイニシャルにするのが普通だというのに、わざわざ佑衣香の名前を彫った意味がわからないほど鈍感ではなかった。

「いつから……気付いて、いたんですか?」

指輪を誂えるのも、内側に文字を入れるのも、ほんの数日で出来上がるようなものではない。遅くても海外出張に出る前にはオーダーを済ませておかなくては間に合わなかったはず。

つまり——礼悠は随分と前から佑衣香が妹のふりをしているのを知っていた、ということになる。

「さあ、いつだったかな」

礼悠が微笑みながらさらりと答えた。意趣返しなのか、素直に教えてくれるつもりはないらしい。

「佑衣香はなにか心当たりはない?」

「そう、言われても……」

「よく思い出してごらん」

そう言いながら、礼悠は左手を取って薬指に指輪を滑らせていく。そういえば、サイズもいつ調べられていたのかはまったく心当たりがないのだが、これに関しては佑衣香が寝ている間だろうと勝手に決めつけた。

「とても似合っている。想像していた通りだ」

礼悠が嬉しそうに告げながら指輪の嵌った手を眺めている。たしかになにも着けていない時よりも指が長く見える気がするが、もしかしてこれは佑衣香のためにわざわざデザインされたものなのだろうか。

「あの、ありがとう……ございます」

「これもずっと着けていてほしい。もちろん、仕事中もだよ」

「えっ？　…………わ、かりました」

今は器具に触れる場合、使い捨て手袋の着用が義務付けられているので指輪をしていても問題はない。ただ、着け慣れていないので、無意識のうちに外してしまわないかという点だけが心配だった。

「それで、なにか思い出した？」

「すみませっ、ん。全然、わから……っ、んっ……」

じゃれるようなキスに言葉と思考が散っていく。まだ話したいことがあるからやめさせなくてはいけない。だけどそれと同時に柔らかな感触と熱をもっと感じたいとも思ってしまい、抵抗する手は弱々しかった。

「礼悠さっ、んっ！　ちょ……っと、待って……くださ……」

「待つつもりはないと言ったはずだよ」

ニットの襟元を指先で引き下げ、隠されていたものを見つけるなり礼悠が満足げに微笑んだ。

「あぁ、いい色になっている」

「ひゃ……っ！」

鎖骨に刻まれた所有の証をするりと撫でられ、やけに高い声が出た。そんな反応すら礼悠を喜ばせる材料になったのか、笑みが更に深められる。緩い弧を描いた唇が首筋に押し当てられ、佑衣香は咄嗟に身を捩る。

「それはダメ……っ、です！」

「どうして？」

「け、結構……汗を、かいたりしているので……」

佑衣香が一晩中いた実験室には様々な機材がびっちりと隙間なく並んでいる。いくつかを同時に稼働させると発せられる熱で部屋の中は常夏のような状態になってしまうのだ。昨晩はもう一人の大学院生が別の機材を動かしていた。だから入る度にうっすらと汗をかく羽目になったので、これ以上の接触は避けたい。

それができないのであれば、せめてシャワーを浴びさせてほしい。佑衣香の必死の願いも虚しく、ついにはニットの裾から手が滑り込んできた。

「お願いですから……っ、ちょっと、待ってくだ……さいっ」

「あぁ、ここは匂いが濃く感じられるな」

耳のすぐ下あたりに鼻先を埋めた礼悠が甘く囁く。わざとらしくすうっと息を吸い込まれ、くすぐったい上に恥ずかしくて堪らない。必死で羞恥に耐える佑衣香の耳に、ごく小さな呟きが届けられたのはその直後のことだった。

「よかった。間違いなく……佑衣香だ」

礼悠の頭を引き剥がそうとしていた手がぴたりと止まる。抵抗が止んだのを好機と見たのか、耳のすぐ下に音を立ててキスが落とされた。

もしかして、昨晩この場所に痕をつけたのは目印にするつもりだったのだろうか。そう考えるとあの強引な仕草も腑に落ちた。

礼悠らしからぬことをさせた原因は――佑衣香自身に他ならない。

申し訳なさと嬉しさが入り交じり、涙がこみ上げてくる。小さく鼻を鳴らすと、先回りするかのように目尻へと柔らかなものが押し当てられた。

「すまない。もう……我慢できそうにない」

切羽詰まった声で呟き、礼悠は佑衣香を抱えたまま立ち上がる。急な視界の上昇に驚く暇もなくベッドへと仰向けに寝かされた。

覆い被さってきた礼悠がじっとこちらを見下ろしている。伸びてきた手が髪を留めていた新しいヘアクリップを素早く外した。

「ずっと、この光景を見る日を楽しみにしていたんだ」

ヘアクリップをベッドサイドテーブルに置いた手が優しく頬を撫でる。薄く開かれた唇を親指がなぞっていく感覚にぞくりと腰が震えた。

礼悠は自室のベッドに婚約者が横たわる日を心待ちにしていたと言う。そんなふうに思われる価値があるのか、佑衣香自身はよくわからない。だけど、そこまで望んでもらえるのは純粋に嬉しかった。

――もう、逃げるのはやめよう。

佑衣香を繋ぎ止めるために夜通し待っていてくれる人など、世界中探してもここにしかいない。

そしてなにより、もう二度と自分の気持ちに嘘をつきたくなかった。

頬に触れている手に同じものを重ねると、驚いたのか小さく揺れる。礼悠の動揺を誘えたのがなんだか嬉しい。佑衣香はふっと微笑みながらこちらを食い入るように見つめる眼差しをまっすぐに受け止めた。

「最初は会社同士の繋がりを作るための結婚だと聞いて、妹に少し同情していました。だから、一回くらいは手助けしようと思ったんです」

初回の顔合わせなら定型的な会話で済ませられると思っていたし、実際にそうだった。だが、その次、またその次と影武者を務めているうちに、気がつくと妹の婚約者に心惹かれるようになってしまった。

「だけど段々……妹のふりをするのが辛くなっていました」

「それは、私を騙しているのが申し訳なかったから？」

「はい。ですが、それ以上に……」

喉奥へと引っ込もうとしていた言葉を奥歯をきつく噛んで留める。

「礼悠さん、を、好き、に……なってしまったから、です」

決死の思いで紡いだ言葉はちゃんと礼悠の耳に届いたようだ。瞠られた瞳が徐々に潤んでいくのを目の当たりにして、胸が甘く締めつけられる。

「それなら、『当初の予定通り』に結婚してくれるね？」

「………は、い」

つまり、昨日まで礼悠と交流してきたのは佑衣香であり、釣書以上の情報を持ち合わせていない佑衣音と結婚するつもりはない、ということなのだろう。

声を震わせながらもはっきり答えた瞬間——荒々しく唇を塞がれた。

こじ開けるようにして侵入してきた舌がすかさず佑衣香の舌を捕らえる。激しく絡ませ合う感覚に頭の中心が痺れたような感覚に支配された。

「………ん、ふっ……ぅ」

動きを合わせようと必死になっていると、お腹のあたりの素肌を撫でる感覚に気付く。

いつの間に、と驚きはしたものの抵抗する気は起きなかった。

「佑衣香、手を上に伸ばしてごらん。そう……上手だ。……次は腰を上げて」

キスの合間に命じる言葉に、まるで操られているかのように従ってしまう。同じ命令でも母親から受けるそれとは明らかに違っていた。

瞬く間に一糸纏わぬ姿になった佑衣香へ灼けつかんばかりの視線が向けられる。素肌を炙られているのかと錯覚するほど火照ってきた。これまで何度も肌を重ねてきたが、未だにこうやってじっくりと眺められるのは恥ずかしい。

無意識のうちに胸元を覆った腕は、お腹に響く低い声によって止められてしまった。

「こら、隠してはいけないよ」

「で、も……」

「ちゃんと……佑衣香のすべてを見せなさい」

そんなふうに命じられてしまったらなにも抵抗できなくなる。シーツを握りしめて羞恥に耐える姿をしばし鑑賞してから、礼悠がゆっくりと身を起こした。

しゅる、と衣擦れの音が響き、襟元のネクタイが抜かれる。ワイシャツのボタンが上から徐々に外されていく様に思わずこくりと喉を鳴らしてしまった。

ごく小さな音だったはずなのに礼悠の耳にはしっかり届いていたらしい。緩く弧を描いていた口元が更に笑みを深めた。

ジャケットもろともシャツを脱ぎ捨てた礼悠の手がウェストベルトにかかる。かちゃかちゃと金属がぶつかり合う音が聞こえてくるが、佑衣香の視線は礼悠の顔に固定されたまま。頑として下を見ようとしないことに気付いたらしい。愉しげに声を立てて笑われてしまった。

「あぁ……本当に、佑衣香は可愛いな」

「そんなふうに言ってくれるのは、礼悠さんだけです……」

家では母や妹の我儘に振り回される姉であり、職場では自由気ままに研究する上司達のフォローに奔走する助手。

どんな問題が起こっても自分の力で解決しなければならなかったし、苦労しながらもなんとかできていた。

「頼りになる」とは散々言われてきたが、これまで誰一人として「可愛い」などと言ってはくれなかった。

「そうなのか？　まぁたしかに私も、食事をしている人間を可愛いと思ったことは初めてだったよ」

「えっ……そう、ですか？」

礼悠の顔が徐々に近付いてくると同時に全身が心地のいい熱に包まれる。滑らかでいて、しっかりとした弾力も感じられる肉体に閉じ込められ、そのあまりにも甘美な感触に眩暈がしてきた。

　そこへ追い打ちをかけるように耳元で甘く低い声が囁いてくる。

「だが、佑衣香の可愛いらしさは誰にも知られたくない」

「その心配はないと思いますよ？」

「まったく……無自覚なのも考えものだな」

　どういう意味かと問おうとしたが素早くキスで塞がれてしまった。ぴたりと重なっていた胸の間に手が滑り込み、ぐにぐにと強めの力で揉みしだかれ、あっという間に疑問が散っていく。

「ふっ……ぅ、あっ………やっ、んん……っ」

「こうやって乱れる佑衣香を見るのも、私だけだ」

　いつもより手付きが荒々しく感じるのは気のせいだろうか。次々と送り込まれる快楽を受け止めながら礼悠を見上げると、そこにはいつもあるはずの余裕を失った端整な顔があった。

　――こんなにも求めてくれるなんて。

　怒っていると勘違いしてしまいそうな表情が、佑衣香の中にある欲情の炎を大きくする。脚の付け根が急速に潤んでくる感覚に堪らず甘い吐息を零した。

「あやっ、ち、か……さんっ、も、もう……っ」

いくら切羽詰まっているとはいえ、この先を口にするのは躊躇われる。だけどきっと礼悠であれば察してくれるはず。

だがその期待は、すうっと眇められた目によってあえなく打ち砕かれた。

「『もう』どうしたのかな？」

「う……」

「私が勘違いしているといけないからね。どうしてほしいのかちゃんと教えてくれ」

大事にしてくれているのかもしれないが、今の佑衣香には無用な気遣いだ。もしかして……わざと？　騙していた仕返しという可能性も否定できない。

「ほら、言ってごらん」

「んぁっ！」

硬く尖った先端を摘まれ、佑衣香はびくりと身を震わせる。涙でぼやける視界の中で礼悠が艶やかに微笑んだ。

胸を弄んでいた手が鳩尾を辿り、ゆっくり撫で下ろしていく。熱と疼きが切ないほど溜まっている場所へじわじわと近付いている。羞恥と期待で胸がいっぱいになり、はぁ……と熱い吐息を零した。

「なっ……ん、で…………っ？」

このまま触れてくれると思いきや、現実は甘くなかった。臍下でぴたりと止まった手は指先でその先の叢《くさむら》を擽るだけ。中途半端に送られる刺激ほどもどかしくて苦しいのを初めて知った。

「佑衣香、どうしてほしい？」

「うっ……く……ぅ」

「教えてくれさえすれば、すぐに叶えてあげるよ」

かりっと爪で敏感な粒の上を引っ掻かれる。達するにはほんの少しだけ足りない快楽が理性を徐々に溶かしていった。

口にするのは恥ずかしい。でも、このままでは頭がおかしくなってしまう。唇をきつく引き結んでいたはずなのに、気がつくと薄く開かれていた。

「い……て、くだ、さっ………」

決死の思いで紡いだはずの言葉は途切れ途切れになってしまい、礼悠の耳には届かなかったらしい。眉尻を下げて困った顔をしているが、その眼差しは相変わらず激しい熱情を帯びていた。

「もう一度、はっきり言ってごらん」

口にするのに貯めた勇気はさっき使い切ってしまった。もう一度集めるのにはどれくらい時間がかかるのだろう。それに、この状況にずっと耐えられるのか自信がない。

「佑衣香……言ってくれないと、私はなにもできないよ」

言葉をねだるように柔く唇を食まれた。礼悠もまた佑衣香に負けず劣らず頑固だ。きっと宣言通り、望みが伝わらない限りはこの生殺しのような状態が続くのだろう。

──それなら。

緩慢な仕草で両腕を伸ばし、逞しい首元に巻きつける。少し開いていた距離をゼロにしてから耳元に唇を寄せる。

「い、れて……くだ、さ……い」

勢い余って押しつけてしまったが、この際気にしていられない。なけなしの勇気を掻き集め、か細い声に乗せられた願いは今度こそ伝わったらしい。抱きついている逞しい肉体がびくりと揺れた。

「………よろこんで」

性急な手付きで両膝を摑まれ、左右に大きく開かれた。ぐっしょり濡れそぼった秘部に熱くて大きな塊が押し当てられると同時に──ひと息に衝き入れられる。

「あっ………！」

驚きの声をあげた瞬間、あまりの圧迫感に息が止まる。頭の中が真っ白に塗り潰され、目の前では眩い閃光が明滅している。望みが叶ったというのに、あまりにも強い快楽にうまく呼吸ができなくなってしまった。

「挿れただけでイッてしまったのか。……本当に感じやすい身体だ」

「ご、めっ……な、さ……」

「謝らなくていい。私も……あまり持ちそうにない」

は、と悩ましげな溜息を零した礼悠が額にかかった髪を雑に掻き上げる。熱に浮かされたような眼差しを向けられ、その凄絶な色気に身体が勝手に反応してしまった。

「……くっ、ゆい、か………」

掠れた声で名前を呼ばれた途端、ぽろぽろと涙が溢れてきた。

本当の名前を呼んでもらえる日が来るなんて思ってもみなかった。妹の婚約者に想いを寄せるなど、決して赦されることではない。

だからすべてを無かったことにすると決めた——はずだった。

二度と触れ合う日など訪れないと覚悟したというのに、まさに今、身体の奥深くで繋がっている。夢ではないという確信がほしくて首に巻きつけた腕に力を入れると、同じくらいの強さで返された。

「佑衣香のここは私の形を忘れてしまったようだな」

「んっ……だ、って………」

「すぐに思い出させてやらないと」

奥深くまで咥えてさせられていた肉茎がずるりと抜かれる。礼悠は入口寸前まで腰を引き、またゆっくり深々と埋め込んだ。激しさなど微塵もない動きだというのに、どうして

こんなに追い詰められたような気分になるのだろう。

蜜壷の中を掻き混ぜられる度に淫らな水音が立ち昇る。その音につられるかのように二人の息も乱れはじめた。

「あっ、やっ……ちか、さん……も、無理……っ」

「いいよ。ほら、イキなさい」

ぴたりと腰を重ねてから小刻みに揺らされる。胎の奥深くを刺激され、佑衣香は容赦なく追い詰められていった。

「こ、れ………っ、や、あっ……ああああ――――ッッ!!」

限界まで張り詰めていた糸がぷつりと切れたかのように、弛緩した佑衣香の身体がベッドに沈む。不規則に震える膣内に熱が広がっていくのを膜越しに感じた。

――お風呂、はいらないと。

眠りの闇へずぶずぶと沈んでいきながら、僅かに残る意識の中で独り言ちる。

「ひと眠りしたら、一緒に入ろう」

「ん………」

「佑衣香、愛してる……」

低く、身体の奥まで染み渡る声が胸を震わせ、閉じた目尻から透明な雫を滑り落としていく。

意識が遠ざかり、「私もです」という言葉を伝えられたどうか定かではなかった。

第四章　本物と偽物

「わた、し……も、で……」

　言い終わるより先に限界を迎えたらしい。薄く唇を開いたまま佑衣香は深い眠りへと落ちていった。

　徹夜明けなのでまずはゆっくり休ませるつもりだった。だが、自覚していたよりも飢えていたらしい。佑衣香のためだけに誂えた指輪を着けた姿を見た途端、礼悠の理性はあっけなく崩壊してしまった。

　ずっと帰国する日を楽しみにしてきた。佑衣香に一刻も早く会いたくて過酷なスケジュールをこなしてきたというのに、ようやくというところで予想だにしていなかった状況に直面した。

　どうやら心待ちにしていたのは自分だけだったらしい。

あまりのショックに――らしくない行動を取ってしまった。

「やっと、捕まえた……」

閉じられた瞼の下に浮かんだ隈にそっと指を這わせ、礼悠は満足げな笑みを浮かべた。


縁談が決まったと告げられた時、礼悠は静かにその事実を受け入れた。

六路木の家に生を受けた人間としてただ己の責務を果たすのみ。そこに感情など不要、むしろ邪魔になるだけだと思っていた。

渡された釣書から判断するに、相手は相当な箱入り娘だと察せられる。短大を卒業してから花嫁修業に精を出していたようなので、社交の場には同伴させられるだろう。

あさぎり興産の持つノウハウを得るための道具にすぎないので、他の使い道は特に期待していなかった。

そしていざ顔を合わせてみると、釣書から抱いたものとはやや印象が違っていた。気弱で大人しい令嬢かと思いきや、不愛想な礼悠を前にしても怯えた様子は一切見られない。それどころか、テーブルの向こう側にいる未来の夫より、その手前に並んだ料理に意識が向けられているように思えた。

当初は必要なことを伝えたらすぐに席を立つつもりでいたが、食事を勧められては断るわけにもいかない。仕方なく箸を取って様子を窺ってみると、随分と美味しそうに料理を口に運んでいくではないか。

食道楽だったという亡父の影響だと語る振袖姿の女性、浅霧佑衣音は微笑んでいるのにどこか寂しそうで、父親との仲の良さと喪った悲しみを窺い知ることができた。

——もっと話をしてみたい。

そんな願望が湧き上がってきたことに驚きつつも、いずれは結婚するのだから相手をもっと知る必要があるからだと自分に言い訳した。

次回の約束を無事に取りつけた矢先、礼悠は意外な人物と遭遇する。彼女には双子の姉がいるのは情報として知っていたが、まさか共同研究を打診した先にいるとは思わなかった。

思わず凝視すると浅霧家の長女である佑衣香は気まずそうに目を伏せた。

一卵性双生児のはずだが、華やかで可愛らしい佑衣音とは似ても似つかない。無造作に髪を束ね、薄化粧に地味な服装をした佑衣香の傍らには食べかけの栄養補助食品が放置されている。

きっと研究に没頭しているせいで食事の優先度が低いのだろう。双子だというのに姉妹でこんなにも違うのかと内心で驚いていた。

次に会った際に佑衣音へ話を振ってみると、なぜだか微妙な反応が返ってくる。オブラートに包んではいるが、端的に言うと姉の佑衣香は昔からあまり家に寄りつかず、家族との交流も希薄だという。

一般的には双子――特に姉妹は大人になってからも仲が良いというイメージを抱いていたが、彼女達は例外だったらしい。

どうやら佑衣音は結婚に関することと同様、あまり家族の話題が好きではないのが口調から察せられた。礼悠としては彼女の気分を沈ませるのは本意ではない。ちょうど出された料理へと話題を変えてみると、強張っていた表情がたちまち緩んでいった。

口数も少なく大人しい印象の彼女だが、料理に関する話題だけはやけに饒舌になる。そのギャップが可愛らしくて、気がつけば時間が過ぎていた。

もう少し話をしてみたくて自宅までの送迎を申し出たというのに、トラブルが起こって断念せざるを得なかった。

そこでフォローしようとしたが――断られてしまった。

「結構です。自分の家に帰るのですから自分で払います」

きっぱりとした物言いに箱入り娘のイメージが見事に払拭される。驚きと同時に湧きあがってきた感情は間違いなく歓喜と呼べるものだった。

強い口調で断ったことを気にしていたのか、駅までの車中にいる彼女はどこか気まずそうにしている。そんな姿ですら可愛く思えてしまうあたり、好意を抱いている証明なのだろう。

エスコートに慣れていないのも初々しくて堪らない。不意に悪戯心が湧いてきて指先にキスすると、それだけで頬が熟れたトマトのように真っ赤に染まった。

余計な期待を抱かせないよう、交流は必要最低限にしようと思っていた。だが、礼悠はあっさりとその方針を覆す。早々に仕事関係者の目に留まる場へ連れ出すことにした。

イベントの主旨に合わせたのか、彼女は可愛らしくも清楚な装いをしている。だがそれが恥ずかしいのか、少し居心地悪そうにしている。

あの六路木礼悠が女性を伴っている――。

驚愕と好奇の目に晒すのは申し訳ない気もしたが、いずれは通る道でもある。混雑を言い訳にすれば素直にエスコートを受け入れ、展示を興味深そうに眺めていた。

「おや、あの子は浅霧さんの……」

偶然居合わせたのは、今や経済界の重鎮と言われる人物だった。彼女と面識があるのかと思いきや、知っているのは姉の方だけだという。

聞けば彼女の姉は母親の代わりに社交の場へ顔を出すことが度々あったらしい。とても賢くて気の利く子だった、というコメントに戸惑いを覚える。結婚するなら姉の方が向いていると思うがどうして妹なのかと問われ、その理由を知らない礼悠は言葉を濁すしかなかった。

挨拶を終えて庭園の奥へと消えた婚約者を追えば、ラベンダーを背にスタッフと談笑している。そっと近付けば花そのものではなく、植物を根付かせる方法について話をしているではないか。しかも質問する口調は普段の柔らかなものではない。研究者然としたはきはきとしたものだった。

その話し方が彼女の姉を連想させるのは、やはり双子だからだろうか。嬉しそうに渡された冊子を眺める姿は可愛らしいが、こちらに意識を向けてくれないのが少々腹立たしかった。

だがそれも場所を食事の場に移した途端に収まった。むしろ感激しながらお薦めの焼き鳥を口に運ぶ姿を目の当たりにして柄にもなく胸が弾んでしまう。話の流れでアルコールを勧めたのは単なる思いつきだったが、予想以上に可愛らしい姿を見せてくれた。

――もっと、彼女を知りたい。

思わず、といった様子で零された言葉を都合よく解釈したのは否定しない。快楽に溺れさせたら一体どんな反応をしてくれるのか、それを見たいという欲望がどうしても抑えきれなかった。

半ば強引に礼悠のテリトリーへ引き入れると、我に返った彼女はわかりやすく狼狽えている。だが、瞳を揺らしているのは拒否ではなく困惑だとわかり、遠慮なく可愛らしいワンピースというラッピングを剥がしてみた。

その下に隠されていたのは――機能性を重視したダークカラーの下着。当人はロマンチックの欠片もないと気にしていたが、なぜだろう。こういった色合いの方が似合っているような気がした。

経験が皆無だという彼女を揶揄うと丁寧な言葉遣いが崩れ、真っ赤な顔で抵抗してくる。大人しいのかと思いきや意外と負けず嫌いなところがあるらしい。新たな側面を見つけた途端、愛おしさで胸がいっぱいになる。

一切の期待を抱かずに受け入れた縁談だが、今から夫婦になるのが楽しみで仕方がない。但し、そこに至るまでに決めるべきことは山のようにある。できるだけ彼女の意に沿った形にしたいというのに、そういった話題になった途端に歯切れが悪くなる。

話を振っても言葉を濁したり話題を逸らされることが繰り返されるうちに、ある考えが頭をよぎった。

――もしかして、佑衣音は結婚するのが嫌なのかもしれない。

だが、いくら拒否したとしてもこの縁談を反故にするつもりは微塵もない。向こうが近付いてこないのであれば、こちらから歩み寄るまでだ。

ずっと浅霧家側は母親を窓口にしていたが、お互いいい大人なのだから直接やり取りをしても問題ないはずだ。そう告げると申し訳なさそうな顔で。実はスマホを持っていないのだと打ち明けられた。

先日、食事を終えて地下鉄で帰宅するという彼女が「検索する」と言っていたのは気のせいだろうか。予想だにしていなかった返答に戸惑ったものの、これまで必要を感じていなかったのだろう。パソコンでメールはできるというので、まずはそれで我慢することにした。

これを機にスマホを契約してくれるのでは、と期待したが一向にその様子が見られない。こちらで用意してもいいかと訊ねてみたこともあったが、それもやんわりと断られてしまった。

嫌われていると思ってもおかしくないというのに、いざ顔を合わせれば嬉しそうに頬を染める。朝食を手ずから用意すれば大喜びで口に運び、声を弾ませながら美味しいと褒めてくれる。

繰り返される整合性の取れない言動は、まるで二人の人間を相手にしているような感覚に陥らせるのだった。

日に日に膨らみつつあった違和感の糸口は、またもや意外な場所で見つかった。

彼女の姉がストーカーに襲われ、間一髪のところで逃れた。偶然その場に居合わせてしまい、勢いよく飛び出してきた佑衣香を転倒する寸前で抱き留めたのだ。

さすがの礼悠も突然の事態に驚き、勝手な想いを一方的に押しつけられた佑衣香に同情した。だがその夜、件の事件を何気なく思い返した瞬間——思わず息を呑んだ。

似ていない姉妹だと思っていたが、眼鏡を外して髪を下ろした姿は文字通り瓜二つ。そして、左手で腕に縋りついてくる仕草までもそっくりだったが、双子とは癖までもが同じになるのだろうかと疑問を抱く。

しかも、ほんの一瞬——乱れた襟元から赤紫色の輝きが覗いたような気がするのだが、あれは見間違いだろうか。

礼悠が佑衣音に贈ったネックレスはそう簡単に手に入れられる代物ではない。日本にはまだ展示されていたあの一点しか存在せず、少々無理を言って購入したのだ。

佑衣香が妹へ贈ったものを奪った可能性も考えられるが、そこまで底意地の悪い人物だとはとても思えない。

しかも、事件の数日後に会った婚約者の身体に不自然な痣ができていた。太腿の裏側という本人が気付きにくい場所に、まるで物が雑多に積まれている場所で揉み合った時にできたもののように思えた。

思いもよらない場所から出てきたパズルのピースを手にした途端、突如としてある仮説が浮かび上がる。

礼悠が親交を深めていた女性は浅霧佑衣音ではなく、その姉である佑衣香ではないか。

荒唐無稽な上に動機がまったくわからない。それでも、佑衣香が妹のふりをしていたとすれば、数々の疑問がすとんと腑に落ちるのもまた事実だった。

早急かつ内密に調査を命じると、拍子抜けするほど簡単に淺霧家の内情が判明した。

あさぎり興産の前社長、淺霧辰彦と妻の奏美もまた政略結婚で縁付いた夫婦で、その仲はあまり良好なものではなかった。

そのせいか、奏美は夫に可愛がられている長女を毛嫌いしており、何かにつけては辛くあたっていたらしい。幼い頃はその度に傷ついていた佑衣香だが、成長するにつれて母親に見切りをつけたのか、次第に距離を置くようになっていった。

奏美と佑衣音の行きつけである美容院のスタッフ、そして通いの家政婦はそんな家庭状況を察していたらしい。淺霧家の長女の置かれている立場に同情していた。そして誰もが母親の次女への過干渉ぶりもまた、異常だと思っている様子だった。

しかも、礼悠との結婚話が持ち上がっていた佑衣音は現在入院中。かといって具体的にどこかが悪いというわけではない。母親である奏美たっての希望で手厚い看護のもと、細かな部分まで健康診断を受けているそうだ。

そして、病気がちだという妹の代わりに礼悠と会っていたのは姉の佑衣香だという証言も得られた。

一連の奏美の行動はまったくもって意味不明。だが、いくら双子とはいえ、妹のふりをして婚約者に会ってこい、などという命令を下す人間の思考など理解しようと努力するだけ無駄だろう。

そしてもう一つ――驚くべき事実が判明した。

おそらく、この件について佑衣香自身も知らないだろう。真実を打ち明けてくれた時に伝えようと待ってみたものの、偽りの姿を解く素振りはまったく見られない。妹のため、そして会社のために母親からの命令に忠実に従う姿をいじらしいと思う反面、もどかしさが徐々に募っていった。

そんな胸の内など知る由もない佑衣香は、あろうことか礼悠の部下と親しくなっているではないか。研究者として通じるものがあるのはわかるが、古賀と楽しそうに酒談義をしている姿を目の当たりにして、柄にもなく怒りを露わにしてしまった。

そんな振る舞いは礼悠らしくない。だが、平静を失ってしまうほど、彼女に惹かれているのだと実感させられた。

いよいよ結納の日取りが決まり、このままでは佑衣音との結婚が確実なものになってしまう。だが、礼悠も大人しくしているつもりはなかった。

この縁談は家同士の繋がりを得られればいいのだから、相手が妹から姉に替わっても構わないのだ。

だから決してネックレスを外さないよう命じ、密かに指輪を用意した。あえてイニシャルではなく名前を彫り、これを渡すことで気付いているのだと伝える――はずだった。

「あっ、お帰りなさい！」

期待と緊張で胸を膨らませながら向かった先では、ペールピンクのワンピースを纏った女性が微笑んでいる。

姿形はまったく同じ。

だが、漂わせている雰囲気や仕草は、恋い焦がれていた佑衣香とは明らかに別物だった。

――佑衣香を「解雇」したのか。

目の前にいるのが現時点で未来の妻、淺霧佑衣音であることは間違いないだろう。これまで一度たりとも顔を見せたことのない母親を伴っているのがいい証拠だ。

静かな怒りを募らせながらもなんとか相手をしていたが、礼悠を騙せていると信じて疑っていない言動にすぐさま限界の訪れを悟る。初対面でどうしてここまで馴れ馴れしくできるのか理解できず、ついに食事の手が止まってしまった。

「それで……私の結婚相手は今、どこにいるのでしょうか」

虚を突かれた顔をした母娘がボロを出すのにそう時間はかからなかった。佑衣音はただ狼狽え、母親へと縋るような眼差しを向けるだけ。そして一連の首謀者である奏美が必死で誤魔化そうとしたものの失敗に終わった。

しかし謝罪の言葉はなく、佑衣香がどうしても礼悠に会ってみたいと言うから……などという苦しい言い訳を繰り返していた。

もうこれ以上、茶番に付き合う義理はない。引き留めようとする声を無視して車に乗り込み、研究所へ向かった。

強引に押し入った先にいた佑衣香は動揺しながらもなんとか取り繕おうとする。その姿を健気だと思いつつもやはり腹立たしさを覚えるのは、裏切られた気持ちがあるからに他ならない。

ついつい詰るような口調になってしまったが、佑衣香の本音を聞き出せたからよしとしよう。これで大手を振って結婚を進められる。これ以上の横やりが入ってこられないよう、佑衣香の住まいだけは早々に移してしまおうと決意した。

すぐにでも連れて帰りたかったというのに佑衣香は仕事の真っ最中。待っている間に迎え入れる用意を済ませた。

まずはゆっくり休ませ、目覚めたら一緒に入浴しよう。そして食事をしてから両親と顔合わせをして「浅霧佑衣香」との結婚を確実なものにする。

「おやすみ……佑衣香」

ようやく本当の姿を見せてくれた婚約者を胸に抱き、礼悠は静かに目を閉じた。

◇◆◇

徹夜をすると、当日よりも一度眠った後の方がダメージを実感する。

佑衣香はいつも以上の気怠さを感じながら目覚めると、こちらを食い入るように見つめるくっきりとした瞳と視線がぶつかった。

「おはよう、佑衣香」

低く、そして甘さをたっぷりと含んだ声が名前を呼ぶ。頬を撫でてくれる熱が心地よくて、また眠りの世界へと旅立ってしまいそうになった。

だけど何故かそうしてはいけない気がする。佑衣香はのろのろとした所作で身を乗り出すと、緩やかな弧を描いた唇に同じものを重ねた。

「……いい子だね」

「だって、約束……した、から」

一度決めた約束は守らなくてはならない。佑衣香にとって当然のことだというのに、目の前にある端整な顔に蕩けそうな笑みが浮かんだ。

「起きられそうか？」

「ん……大丈夫、で、す」

この怠さも今となっては慣れたものだ。左肘をついて身体を起こす体勢を取ると、シーツとの間に滑り込んできた腕に抱き上げられた。礼悠は気遣ってくれているのかもしれないが、裸のまま運ばれるのはやっぱり恥ずかしい。胸元に顔を埋めるとすかさず頭頂に唇が押し当てられた。

浴室へ連れていかれる寸前にたしかめた時計は、短針がもう少しで五にかかるところだった。疲れの残り具合から夕方の五時だろうと推測しつつ、礼悠の手によって頭のてっぺんから足の先まで丁寧に洗われた。

「明日はなにか予定を入れている？」

「いえ、特には……」

広々とした湯船に浸かり、後ろから抱えるようにして座る礼悠が問いかけてくる。

元々なにが起こるのか予測不能だった。念のために金曜日の夜から日曜日までスケジュールを入れないでおいたのはどうやら正解だったらしい。「それならよかった」と返された。

とはいえ、本当にこのまま六路木邸で過ごすことになるのであれば、引っ越しをしなくてはならない。服や家具はさして思い入れがないので処分されても構わないのだが、ノートパソコンと本だけはどうしても回収したかった。

「それくらいであれば、家の者を行かせるよ」

「いえ、お手間を取らせるわけにはいきません」

「気にしなくていい。……と言っても、佑衣香は納得しないだろうね」

「……すみません」

身内の恥を晒すのは本意ではないが、ここまで主張するのには理由があった。

母親はあの家に他人が足を踏み入れることをひどく嫌っている。たとえ佑衣香が依頼したとしても、六路木家の使用人が訪問したらどんな罵詈雑言を浴びせかけるかわかったものではない。

下手をすれば不法侵入だと警察を呼ばれる危険もあるので、直接佑衣香が出向いた方がいい。言葉を選びながら説明すると、礼悠は「わかった」とすぐに納得してくれた。

「そういうことであれば、私も一緒に行こう」

「えっ……。そんな、礼悠さんにまで来ていただかなくても大丈夫ですよ？」

「荷物を運ぶのに人手が必要だろう」

六路木ケミカルの御曹司に荷物運びをさせる人間などこの世界のどこにいるのか。全力で遠慮しているというのに礼悠は引き下がってくれない。

「そうだ。せっかく行くのであれば、話をつけてしまおう」

「…………そう、ですね」

佑衣香が望めば、このまま母親との繋がりを断つこともできるだろう。だが、なにも言わないまま終わりにするのは後味が悪い気がする。もし言葉を交わす最後の機会になるのであれば、これは佑衣香自身の選択なのだと告げておきたかった。

「今日はゆっくり休んで、明日の昼過ぎに行こうか」

「はい……」

日々を生きるのが精一杯で、これまでは母親に立ち向かう気力がなかった。

だけど、礼悠が一緒であれば頑張れる気がする。

背中の方へ体重を預けると大丈夫だといわんばかり、佑衣香を囲う腕に力が籠められた。

◇◆◇

車から降り立ち、ふと空を見上げた。鈍色《にびいろ》の雲が覆い尽くすその光景は、まるで今の気分を表しているようだ。

佑衣香は小さく息を吐き、生まれ育った家をじっくりと眺めた。

ここに足を踏み入れるのは今日で最後になるかもしれない。そう多くない父親との思い出が残された場所を去るのは辛いけれど、これまで佑衣香が受けてきた仕打ちを知ればきっと許してくれるに違いない。

それに――――。

隣を見上げると、気遣わしげな眼差しとぶつかった。肩に回された手にそっと引き寄せられ、逞しい体軀へと重みを預ける。

「大丈夫だ。心配しなくていい」

「………はい」

この人だけはなにが起ころうとも味方でいてくれる。そんな存在がこんなにも心強く思えるなんて知らなかった。佑衣香はぎこちなく微笑んでから門扉に手をかける。木が軋む音と共に開かれた空間へと足を踏み入れると、庭を抜けた風が緩やかなウェーブを描く髪を揺らしていった。

昨日、お風呂から上がった佑衣香は隣の棟へと連れていかれた。案内された部屋に一歩足を踏み入れるなり佑衣香は目を丸くした。

いつの間に美容院へワープしたのだろうと思ったのだが、間違いなくここは六路木家の邸の中。契約している美容師がこの部屋で髪を整えてくれるのだという説明を受け、異次元すぎる話に「そうなんですか」と答えるので精一杯だった。

そこで佑衣香はストレートにしていた髪を元に戻した。しかも、これまでよりも手触りが格段に良い上にウェーブも美しい。施術を終えて迎えに来た礼悠も気に入ったのか、しきりに指を搦めて滑らかな感触を楽しんでいた。

今日着ている服もすべて礼悠が用意してくれたものである。これまでこんな濃い赤色の服を着たことはなかった。似合うか不安に思っていたが大丈夫だと断言され、思い切って試してみると自分でも驚くほど馴染んでいた。

ワンピースの裾を揺らしながら飛び石を一歩ずつ慎重に進み、玄関へと辿り着く。ショルダーバッグの内ポケットから少しもたつきながらも鍵を取り出し、できるだけ音を立てないよう気をつけながらロックを解除した。

「……ただいま」

家の中は恐ろしいほど静まりかえっている。玄関には中途半端に揃えられた靴が残されているから、二人とも在宅しているのは間違いない。少しだけ待ってみたものの、やはり出迎えはなかった。

「部屋は二階？」

「いえ。……こちらです」

佑衣香が指し示したのは、家の奥へと続く廊下。浴室やお手洗いといった水回りが集まっている一角、日当たりが良いとは決して言えない場所に目的地はあった。

二階から一階へと私室を移動したのは高校生の頃。部活やアルバイト、そして予備校通いで連日の帰宅が深夜になり、その度に妹が起きてしまうからとこの場所に追いやられたのだ。

ここは日当たりが悪いのでじめじめしている。更に空調が効きにくいのだが、元の部屋より二畳ほど広いので不満はない。むしろ、この場所であれば文句を言われることなく深夜でも動き回れるので気に入っていた。

引き戸を開けると一昨日の朝と変わらぬ光景が広がっている。ベッドに放り出されたままのパジャマを大急ぎで回収し、礼悠を招き入れた。

「邪魔するよ」

「ど、どうぞ……」

ここにはほとんど寝に帰っていたようなものなので装飾の類はまったく置かれていない。一応整理はされているものの、礼悠の部屋と比べるといかに殺風景なのかを実感する。

「ちょっと……恥ずかしいです」

「どうして？　私は佑衣香の部屋が見られて嬉しいよ」

ずっと妹のふりをしていたので、礼悠には佑衣香についての情報はまったく伝えていない。だからそれが知れて嬉しいのだと告げられ、じわりと頬が熱を帯びた。

とはいえ、地味な色合いの家具が並び、専門書ばかりが詰め込まれている本棚が壁の一角を埋め尽くしている。可愛らしさなど微塵もないこの部屋を見て幻滅されないか、それだけが気がかりだった。

「本はとりあえずすべて運び出させる。そのあと不要なものだけ処分すればいい」

「はい、そうしていただけると助かります」

この場で取捨選択するにはなかなか厳しい量なのでどうしようかと思っていたが、礼悠はあっさりと佑衣香が望む方法を提案してくれた。この人はどうしてこんなに優しいのだろう。胸が温かなもので満たされていくのを感じ、唇をきゅっと引き結んだ。

ノートパソコンは自分で持っていこう。残るは仕事着と通帳の類くらいだろうか。

出張の際に使っていたトランクに手早く詰め込んでいると、こちらへ近付いてくる荒々しい足音を耳が拾った。

「佑衣香…………よくもまぁ、平気な顔で帰ってこられたものね!!」

散々母親の怒り顔を見てきたが、ここまで激昂している姿を見るのは初めてかもしれない。これまでは怒りを鎮めてもらうのを先決にしていたが、今回ばかりは佑衣香も簡単に引き下がるわけにはいかなかった。

「佑衣音はね……あんたに結婚相手を横取りされたショックで寝込んでいるのよ!!」

「ショックって、一度しか会ったことがないのに?」

たしかに礼悠は美丈夫なので一目惚れした可能性もあるだろうが、今は考えないでおく。可愛げのない長女に言い返されたのがよほど悔しいのか、奏美は唇を噛みしめながらわなわなと震えはじめた。

「佑衣香、ちゃん……」

か細い呼びかけに佑衣香はぴくりと肩を揺らした。戸口から音もなく姿を見せたのは、礼悠の本来の婚約者。自分とよく似た顔は蒼褪め、唇を震わせながら今にも泣きそうな表情を浮かべている。

その痛々しい姿は見る者の庇護欲を掻き立てるに違いない。思わず礼悠の様子を窺うと、初めて顔合わせをした時以上に険しい表情を浮かべていた。

ここで折れては駄目。佑衣香は静かに深呼吸をしてから「久しぶり」と告げた。

「佑衣音っ。寝ていなきゃ駄目じゃない！」

「ううん、平気……」

「こんな泥棒猫と話をしたらもっと具合が悪くなってしまうわ。お母さんに任せておきなさい」

もはや奏美の中で佑衣香は極悪人に等しい存在らしい。

結婚相手を奪うのはたしかに褒められた行為ではない。だが、誰のせいで身代わりなどという面倒な役割を押しつけられ、破談にならないよう腐心していたかを忘れてもらっては困る。

トランクにかけていた手が自然と拳を作る。言い返そうとした矢先、肩に乗せられた温もりに優しく制された。

「実の娘に随分な物言いですね、夫人」

「これは我が家の問題ですわ。部外者は口を出さないでくださる？」

一番の被害者に対してなにを言っているのだろう。これはさすがに見過ごせないと奏美を睨みつけると、すぐ傍でくくっと低い笑いが響いた。嘲笑とも捉えられる声に奏美の顔が怒りで真っ赤に染まった。

「佑衣香を泥棒と言うのであれば、夫人は詐欺師ですね」

「へっ……変な言いがかりは止めてください！」

「言いがかりかどうかは、あちらの方々が証明してくれるでしょう」

挑戦的な笑みを浮かべ、礼悠が視線を開け放した扉へと視線を向けた。釣られるように振り返った奏美は、そこに佇む人物を認めるなり小さな悲鳴をあげる。

「叔父さん……それに千隼まで、どうしてここに？」

突然の登場に驚いているのは奏美だけではない。なにも聞かされていなかった佑衣香が問いかけると、二人とも険しい表情を浮かべたまま礼悠に向かって会釈した。

「佑衣音っ！　部屋に戻っていなさい!!」

「えっ？　でも……」

「いいから！　ほら、行くわよっ」

奏美は佑衣音の腕を摑むなり出ていこうとしている。どうしてそんなに慌てているのだろうか。あの様子から察するに、なにか隠しごとがあるのは明白だった。

「母さん、ちょっと待って」

「千隼、退きなさい！」

「それはできない」

浅霧家の跡取りとして大事に育ててきた息子に逃げ道を塞がれ、奏美は強行突破を諦めたらしい。こちらに背を向けたまま立ち止まった。

「お義姉さん……どうしてこのようなことをしたのですか？」

あさぎり興産の現社長で、父親の弟である俊毅《としき》は穏やかな人だと思っていた。だが、今の彼はいつになく厳しい表情で奏美に問いかけている。

俊毅がこんなに怒るなんて一体なにをやったのだろう。もしかして、礼悠や六路木家に失礼をはたらいたとか？　それで叔父の方に苦情が入ったのかもしれない。

そうなのであれば、なんのために縁談を整えたのかと奏美が責められても仕方がない、と心の中で溜息をついた。

その直後、佑衣香の耳に信じ難い台詞が飛び込んできた。

「私は佑衣香ちゃんを紹介してくれと頼んだはずです。それをどうして……勝手に佑衣音ちゃんに変えたのですか⁉」

「…………え？」

言葉の意味を理解した途端、佑衣香の唇から驚きの声が零れ落ちる。目を見開いたまま動きを止めると、肩を掴む手に力が籠められた。

「……それ、はっ！　浅霧との縁組なら……佑衣音でも、構わない……と、思って」

「おかしいですね。私の父は『同じ分野の知識がある』と聞いたので了承したと言っていましたよ」

佑衣音が短大で専攻していた学部は完全なる文系なので、六路木家の家業とはどんなに頑張っても「同じ」にはならない。

一方の佑衣香は、勤め先が六路木ケミカルと共同研究を進めているのだから確認するまでもないだろう。

つまり、身代わりの佑衣香こそが本来の婚約者だった……ということ？

「あれ？　でも、千隼はそれを知っていたから、私に電話してきたんじゃないの？」

「違うって！　会社の都合で勝手に縁談を進めてごめん、って意味だったんだよ」

「そうだったの？　私はてっきり……」

たしかにあの時、礼悠と結婚するのが佑衣香と佑衣音、どちらなのかをはっきり言わなかった。それでも会話が成り立ってしまったのは、佑衣香が妹の身代わりとして礼悠に会っていたせいだろう。

状況は理解したものの感情が追いつかない。軽い眩暈を覚え、ふらりと傾いだ身体はすかさず抱き留められた。

「佑衣香、大丈夫か？」

優しく背中を撫でられ、乱れていた呼吸が徐々に落ち着いてくる。ふぅ、と息を吐いてからぎこちなく微笑んだ。

「はい……ありがとうございます」

まさかの事実にショックを受けたのは佑衣香だけではない。強引に連れ出されそうになっていた佑衣音もまた、強張った表情で母親に詰め寄っていた。

「どういうこと？　お母さん、六路木さんが私を気に入ってくれて、是非とも結婚してほしいって懇願されたって……！」

「佑衣音、落ち着いてちょうだい。そんなに興奮したらまた具合が……」

まさか、奏美はそんな嘘までついていたのか。信頼していた相手からの裏切りを知り、佑衣音の目にはみるみるうちに涙が浮かんできた。

「気に入るもなにも、貴女に会ったのは金曜日が初めてだ」

「そんな……ひどいっ!!」

母親の甘言に惑わされたのは気の毒だが、それを鵜呑みにするのもどうなのだろう。そんなことでは、仮に礼悠と結婚したとしても社交の場で上手に渡り歩くのは難しい気がする。

そう思っているのは佑衣香だけではないようで、礼悠だけでなく叔父や弟までもが二人のやり取りを呆れた顔で眺めていた。

「母さん、どうしてこんなことをしたんだよ」

弟の千隼の声にははっきりとした怒りが滲んでいる。詰問された奏美は俯き、ぐっと黙り込んだ。

「佑衣香だって母さんの娘に変わりないだろ？　だったら……」

「嫌よ！」

悲鳴にも似た叫びが狭い部屋に響き渡る。まさかの反応に勢いを削がれたのか、千隼もなにかを言いかけたまま動きを止めた。

「佑衣香の方が役に立つなんて、ぜ、絶対に……認めない！」

「まさか……お義姉さん、あの時のことをまだ気にしていたのですか？」

あの時のこと？　話の流れから察するに、過去に佑衣香がなにかをしたことがきっかけになっているらしい。だが残念ながらまったく心当たりがなく、困惑を深めるばかりだった。

「まだ、ですって……？」

奏美がゆっくりと顔を上げ、血走った目でこちらを睨みつけてくる。嫌われているのはわかっていたが、これほど母親の恨みを買っていたなんて初めて知った。

「あ、あんなことを言われて……簡単に忘れられるはずがないでしょう！」

「ですがあれは、元はといえば貴女のミスが原因だったじゃないですか。佑衣香ちゃんに八つ当たりするのはやめてください！」

俊毅の指摘が図星だったのか、遂に奏美が泣き出した。両手で顔を覆い、肩を震わせながら涙を流す姿に千隼が深い溜息をつく。その顔は相変わらず険しいままで、母親を慰める様子はなかった。

「もうこれ以上、佑衣香の邪魔をするのはやめてくれ。ここまで母さんの八つ当たりに耐えてくれたんだ。もう、解放してやってくれ」

「千隼………」

奏美はなにも返さず、ただひたすら泣き続けている。俊毅はまだなにか言いたげにしていたが、これ以上の追及は諦めたらしい。きつく目を閉じてこめかみを指で揉みほぐしている。

「ねぇ……お母さん」

重苦しい空気を破ったのは佑衣音だった。一体なにを言うつもりなのだろう。この状況にはそぐわない、媚びた気配を纏うその声に佑衣香は反射的に身構えた。

「私は、六路木さんと結婚できるのよね？」

「佑衣音ちゃん、なにを言って……」

「お母さんに任せておけばいいって言っていたけど、信じていいのよね？」

これまでのやり取りを聞いた上で期待しているのであれば、あまりにも空気が読めなさすぎる。

ずっと大人しく控えめな性格をしていると思っていた。だが、こんなにも我儘で自己中心的だったとは。言葉を失っていると、礼悠の指がさらりと佑衣香の髪を撫でた。

「佑衣香は昨日、私の両親と挨拶をすませた」

「えっ、それじゃあ……」

「六路木家は『浅霧佑衣香』を私の妻として迎え入れることを了承した。これは決定事項で変更は一切認められない」

礼悠の両親と顔を合わせたのは昨晩のこと。夕食を済ませてしばらくしてから使用人頭である尾關が迎えにきた。緊張しながら別棟にある応接間に向かうと、そこには満面の笑みを浮かべた壮年の男女が待ち構えていたのだ。

浅霧家の非常識な行動を誠心誠意謝罪するつもりだったのに、もう過ぎたことだとあっさり流された。それよりも息子が一刻も早く結婚したいと言っている。スケジュールを前倒しするが問題ないかと訊ねられてぽかんとしてしまった。

その決定は覆らないと告げられ、佑衣音の顔が悲しげに歪む。こちらへ縋るような眼差しを向けてきたが、佑衣香はただ黙って見つめ返すだけに留めた。

「母さん、佑衣音。行こう」

千隼が母と姉の腕を摑み、廊下へと連れ出した。佑衣音がなにか言っている。だが、あっという間に遠ざかっていってしまい、内容までは聞き取れなかった。

引っ越しの準備をしている場にようやく静寂が訪れる。佑衣香がお礼を言うより先に俊毅が深々と頭を下げた。

「この度はこちらの不手際によってご迷惑をおかけしました。心より……お詫び申し上げます」

「いえ、こちらこそ。急にお呼び立てして申し訳ありませんでした」

佑衣香の叔父を呼んだのは礼悠だったのか。あまりにも登場のタイミングが良すぎたと思っていたが、それも作戦のうちだったと言われたら納得できる。

恐縮しきりと言った様子の俊毅は、佑衣香が望まない限りは奏美と佑衣音には絶対に接触させない、と約束してくれた。

「佑衣香ちゃんには苦労ばかりかけて申し訳なかったね」

「いえ……わざわざ来てくださってありがとうございました」

「どうか幸せになってくれ。……兄さんも、ずっと心配していたから」

俊毅はそう告げると、唇を引き結びながら目を潤ませた。


二時間後——佑衣香は限界まで詰め込んだトランクと共に六路木邸へと向かっていた。

もうこの家に戻るつもりはない。その意思表示をするために見送りに出てきた弟へ、鍵を託してきた。

「佑衣香、遠慮せず眠っていていいよ」

「大丈夫です」

たしかに心身ともに疲れている。だが、知られざる事実が次々と明かされたせいで精神的に昂り、とてもじゃないが眠れそうもなかった。

叔父の俊毅は荷造りを手伝いながら「あの時のこと」について教えてくれた。

奏美はとある会合で亡父、辰彦に一目惚れをした。そこで方々に手を回し、随分と強引な手を使って縁談を整えたらしい。

当初は難色を示していた辰彦だが、奏美が「社交には自信がある。必ず役に立ってみせる」と豪語したことで渋々ながら受け入れ――双子の長女と次女、そして翌年には跡取りである長男をもうけた。

その事件が起こったのは佑衣香と佑衣音が五歳の時。いつものように夫婦揃ってとある会合に参加した際、奏美は大きなミスを犯した。

あさぎり興産の大事な取引先である会社の社長に対し、離婚したばかりだというのに「奥様はいらしていないのですか？　お会いしたかったのに残念ですわ」と告げたのだ。

信頼していた部下と駆け落ちするという仕打ちを受け、社長は酷くショックを受けていた。それでもようやく立ち直りつつあった矢先、その事実をすっかり失念した奏美は塞がりかけていた傷を容赦なく抉ったのだ。

辰彦は大慌てで話を遮り、奏美をその場から連れ出した。その後すぐに必死で謝罪をしたものの後の祭り、取引を打ち切られてしまったそうだ。

奏美の失態は関係者の耳に入り、ただでさえ「偉そうな言動が鼻につく」と良くなかった評判がどん底まで落下し、周囲から白い目で見られるようになった。

「兄さんは酷く腹を立てていたよ。お義姉さんも素直に認めて謝ってくれれば良かったんだけど、そんなことがあったなんて聞いていないと突っぱねてしまったんだ」

この一件により、元々あまり良好とは言えなかった夫婦仲に大きな亀裂が入った。そして時を同じくして次女の佑衣音が高熱を出し、肺炎を併発したせいで入院することとなった。

奏美はこれ幸いとばかり、佑衣音の看病を理由に会合への参加を断るようになったそうだ。

佑衣香には朧げにしかこの頃の記憶が残っていない。ただ、奏美はよく弟だけを連れて佑衣音の入院している病院へ行ってしまい、佑衣香は家政婦と共に留守番していたことだけは憶えていた。

初めて父親に連れられてパーティーに参加したのは、佑衣香が六歳の時だった。豪華な会場の中を大勢の着飾った人々が行き交うその光景は、まるで絵本で読んだことのある舞踏会のよう。

佑衣香はひどく感激して主催者である人物に挨拶をした際、参加できたことがどれだけ嬉しかったかを熱心に語った。

「佑衣香ちゃんが話した人はね、ちょうど大きな取引が決まるかどうか微妙な相手だったんだよ。だけどその方は褒められて相当嬉しかったみたいでね、当初よりいい条件を提示してくれたんだ」

「あぁ……たしか、お父さんから『お手柄だ！』って褒められたことがありましたね」

佑衣香のあずかり知らないところでそんなことが起こっていたとは。

ここまでの話を聞き、佑衣香は小さく息を呑んだ。

「まさか、その件をお父さんが言ってしまったんですか？」

そう、と頷いた俊毅が深い溜息をつく。些細なことをきっかけとして勃発した言い合いが激化し、辰彦が奏美に向かってお前より佑衣香の方がずっと役に立つ、と言い放ったのだ。

幼い娘より使えないと糾弾され、奏美のプライドが木端微塵に砕け散ったのは想像に難くない。

この一件以来、夫婦の仲は完全に破綻し、母親は長女の養育を放棄したのだ。

「私が、余計なことをしなければ……」

「それは違う」

礼悠が優しく、しかしきっぱりとした口調で否定する。俯く佑衣香の頭を胸元に引き寄せると労わるように髪を撫でてくれた。

「夫人の不用意な発言も、その後の身勝手な行動もすべて身から出た錆だ。まだ子供だった佑衣香を逆恨みするのは間違っている」

「そうだよ。佑衣香ちゃんはなにも悪くない。むしろあのタイミングで取引が決まったからこそ、今のあさぎり興産があるんだから」

聞けば今や大口の取引先になっており、良好な関係が続いているという。

「私との結婚についても同じだ。佑衣香が本来の相手なのだから、罪悪感を抱く必要などどこにもない」

二人の熱心なフォローを受け、佑衣香はなんとか涙が零れそうになるのを堪えた。

いくら六路木家や礼悠にまったく気にしていないと言われても、後ろめたい気持ちがどうしても払拭しきれなかった。

望んだわけではないが、本来の相手である妹のふりをしていたのは揺るぎない事実。

結果はどうあれ、佑衣香は奪った側であることに変わりはないのだと。

横取りしてしまったと思いきや、元々それは佑衣香のものだった。歪んだ母親の手によって歪められたものが正されたのだと判明し、ようやく胸に居座っていた黒い澱が消えていくのを感じた。

――これで、胸を張って傍にいられる。

隣に座る礼悠を見上げると、柔らかく目を細めて微笑んでくれた。

◇◆◇

その日も佑衣香は猛然とキーボードを叩いていた。

モニターを見つめる表情は真剣そのもので、とても気軽に話しかけられる雰囲気ではない。

それに今日はなにがあっても午後半休を取ると決めている。処理すべき仕事を超特急で済ませ、時計が一時を回った瞬間にパソコンをシャットダウンし、椅子から勢いよく立ち上がった。

「お先に失礼します！」

「はーい、お疲れ様です」

同僚達の声を背に受けながら廊下を急ぎ足で進む。そして建物の外に出ると、すぐ傍に停まっていた黒塗りの車から礼悠が降りてきた。

「お待たせしてすみませんっ」

「いや、私が少し早く着いてしまっただけだよ。気にしなくていい」

小走りに近付くと、差し伸べられた手に同じものを重ねる。そのまま流れるように車内へ導かれ、間もなく発車した。

佑衣香が六路木邸に居を移した日から気がつけば二ヶ月が経っている。決して短くない期間ではあるものの、様々なことが起こりすぎてあっという間に感じられた。

まず、引っ越した翌週に結納が執り行われた。仲人を立てない略式ではあるものの、叔父夫婦に両親の代わりを務めてもらい、佑衣香は正式に礼悠の婚約者となった。

その直後、礼悠からの強い要望により職場に報告した。いや——させられたと言った方が正しいのかもしれない。

これまで「研究所に住んでいる」とまで言われていた浅霧佑衣香の結婚宣言。

しかもその相手は、来期から共同研究を始める六路木ケミカルの御曹司だという事実が公表されるや否や、研究所だけでなく大学全体に大きな衝撃が走った。

なにかの間違いではないか、と疑う者も少なくなかったが、相変わらず忙しく動き回る渦中の人物の左手薬指に光るものに気付くなり、噂は真実なのだと納得せざるを得なかった。

そして、正式な婚約が発表されてひと月半後——結婚式を待たずに入籍することになったのだ。

提案された時、佑衣香は面食らってしまった。妊娠しているわけでもないのでそんなに急がなくてもいいのでは、と問うと婚約指輪を嵌めた指を撫でながら真剣な眼差しで告げられた。

「今すぐにでも、佑衣香を淺霧の家から抜けさせたい」

同じ屋根の下に住んで婚約したとしても、戸籍上では他人のまま。いくら俊毅や千隼がいるとはいえ、佑衣香の身になにかあった時に一切の権利を持っていないのが嫌なのだと訴えてくる。

礼悠は一日も早く正式な夫婦になることを望んでいる。切なげに語る姿に胸がいっぱいになり、佑衣香は涙を堪えながら何度も頷くことしかできなかった。

日取りは二人で相談して決めた。そしていつの間にか用意されていた婚姻届へ礼悠の父と佑衣香の叔父に保証人の欄に記入してもらい、今日という日を迎えたのだ。

本当は休暇を取りたかったのだが、残念ながら今は学会準備の真っ最中。半日分の時間を捻出するのが精一杯だった。

「では、こちらで受領いたします」

普通に区役所のカウンターで手続きをするのかと思いきや、なぜか応接室のような場所に通された。やはり六路木家ともなると役所でも扱いが違うらしい。さすがと感心しているうちにすべて終わっていたのには驚いたのだが。

その後、発行してもらった住民票を手に各所を回り、名義変更の手続きを済ませる。そして瞬く間に長年慣れ親しんだ姓から礼悠と同じものへと変えられていった。

「礼悠さん、お付き合いいただきありがとうございました」

すべての手続きを済ませて帰宅したのは、もう少しで十八時になろうとする頃だった。

コーヒーと焼き菓子でひと息つくと、姿勢を正して頭を下げた。

「私が望んでしたことだ。佑衣香こそお疲れ様」

礼悠は佑衣香とは比べものにならないくらい多忙な人物である。そんな彼に婚姻届の提出だけでなく、名義変更まで付き合ってもらった。当初、一人で大丈夫だと言ったのだが見届けたいと笑顔で返されてしまい、これ以上は遠慮する方が失礼だと考えを切り替えたのだ。

本日をもって「六路木佑衣香」になったことは、手元にあるものが証明してくれる。だけど、まだ実感が湧いてこない。時間が経てば馴染んでくるのだろうか。コーヒーカップを手にぼんやり考えていると、隣から伸びてきた手がするりと髪を撫でた。

「なにか悩んでいることでもあるのか？」

「いえ、その……まだちょっと、信じられないと言いますか……」

初めて礼悠と顔を合わせた時、佑衣香にとって結婚は別の世界の出来事くらい遠いものだった。いくら交流を深めても、ベッドを共にして心を寄せても、この人と結ばれる未来は存在しないと諦めていた。

それが今は、六路木邸で礼悠と並んで座り、コーヒーを飲んでいる。急すぎる展開の連続だったこともあるのだろう。ふとした瞬間、これは夢ではないかという考えに囚われることがあった。

だが、そう思っているのは佑衣香だけらしい。顔を覗き込んでくるくっきりとした目が眇められ、不穏な空気が漂いはじめた。

「あ、あのっ！　断じて嫌だとか、そういう意味では……」

「わかっているよ。だが、私としては佑衣香に一刻も早く慣れてほしいんだ」

髪から離れた手が頬を撫でる。これまで何度も与えられた温もりだというのに、ぞくぞくとした感触が背中を這い上がってくるのはなぜだろう。

「大丈夫ですっ、きっとすぐに馴染むと思いますから！」

「あぁ、私も……佑衣香が妻になったという実感がほしくなってきたな」

潜められた甘い声に身体の奥底が揺すぶられる。熱い吐息を零した唇に同じものが重ねられ、ちゅうっと強めに吸いつかれた。反射的に後ろへ下がった身体はもう一方の手によって退路を塞がれる。

「んっ……ふ、礼悠、さ……んっ」

「夫婦らしいこと、しようか」

キスの合間に紡がれる誘惑がいつになく魅惑的に聞こえてしまうのは、相手が夫だからだろうか。乱れた呼吸と共になんとか告げた了承は礼悠にちゃんと届いたらしい。腰に回された手によって抱えられ、素早くベッドへと運ばれた。

「きゃっ……」

少々乱暴に落下した佑衣香に夫となったばかりの男が覆い被さってくる。興奮を隠そうともしない眼差しに意識が搦め捕られ、ただ見つめ合っているだけで身体が潤んできた。

「ほら……私に佑衣香のすべてを見せなさい」

「んっ、は……い」

了承すると同時にカットソーの袖を抜かれる。あっという間に下着姿にされたと思いきや、それすらも引き剝がされてしまった。佑衣香の上に陣取ったまま、礼悠がスーツを脱ぎ捨てていく。射貫かんばかりの眼差しをこちらに向けたまま、見事な肉体を徐々に露わにしていった。

「佑衣香……愛してるよ」

隙間なく素肌を合わせるような抱擁は、ただそれだけで夢見心地にさせてくれる。少し息苦しさを覚えることすら、それだけ求められているのかと嬉しくなってしまうあたり、佑衣香もまた礼悠を欲しているのだろう。

「私も、愛して……ます」

想いを言葉に乗せるのは勇気がいるし、なにより恥ずかしくて堪らない。だけど言葉にしなければ気持ちが伝わらないことを佑衣香は知っている。だから今日も必死で羞恥に耐えながら愛の言葉を紡ぐのだ。

「あっ、やっ……そこっ、は、駄目……で、すっ」

途切れ途切れの制止に、渋々といった様子で首筋から唇が離された。いつだって冷静さを失わないはずの礼悠が欲望に屈し、人目につく場所に所有の証を刻もうとしてくるのは困るけれど不思議と満足感を覚えてしまう。

名残惜しげに滑り落ちていった唇は、その代わりと言わんばかりに鎖骨の下へといくつもの淫靡な花弁を刻んでいく。小さな痛みを与えられる度に佑衣香は身を震わせ、独占欲の象徴を享受した。

「んっ…………」

大きな手がふにふにと胸の膨らみを弄ぶ。零した喘ぎはすぐさま迫ってきた唇に吸い取られ、佑衣香は逞しい二の腕に掴まりながら身悶えることしかできなくされた。

「はっ…………あんっ！」

ツンと立ち上がった先端を指先で摘まれ、堪らず高い声で啼く。緩いウェーブのかかった髪がシーツの波を泳ぐ様を礼悠が陶然とした眼差しで見つめていた。

彼が抱いているのは妹のふりをした佑衣香ではなく、本当の姿をした佑衣香だ。それを知った上で欲しているのだと実感する度、涙が出てきそうになる。

「私の妻は、本当に可愛い……」

礼悠の部屋で暮らすようになって以来、毎日同じベッドで眠っている。そして昨晩も同じ行為をしたはずなのに、今のこれをまったく別物に感じるのは、二人が正式に夫婦となったからだろうか。

胸をたっぷりと愛でた手が腹を撫で下ろし、脚の付け根へと滑り込んでいく。秘された場所が十分に潤っているのを弄る指先に教えられ、佑衣香はきゅっと唇を噛みしめた。

「佑衣香、今日は……なにも着けずに入りたい」

「あ……」

耳元で夫の希望を囁かれ、頬が一気に熱を帯びる。そうだ、二人は夫婦になったのだからこの行為は誰にも咎められる心配はない。

それに、礼悠は六路木家の嫡男なのだ。跡継ぎを望まれるのは当然だし、その義務を背負っている。

だが、そんなことは所詮建前にすぎない。

礼悠の頼みを耳にして、その意味を理解した瞬間――胎の奥がきゅうっと切なくなったのは、佑衣香もそれを望んでいるからに他ならない。

――この人の子供が欲しい。

二ヶ月前まで自分が子供を持つなんて、夢のまた夢だと思っていた。それが急に現実味を帯びたことに戸惑いはあるけれど、喜びの方が勝っている。

「は、い……」

大きすぎる幸せは、時に小さな恐怖を連れてくる。佑衣香が声を震わせながら答えると「ありがとう」の言葉と同時に頬に優しいキスが与えられた。

佑衣香を包んでいた熱が離れ、両膝を大きく左右に開かれる。その間に腰を落ち着けた礼悠の身体がゆっくりとこちらへ傾いてくる。

「……あ、あっ、こ、れ…………っ！」

蜜口を限界まで拡げて押し入ってきた肉茎はこれまで以上に硬く、そして張りつめているように感じる。佑衣香が堪らず身を捩ると、胸元に蟠《わだかま》っていた金の鎖が揺れ、先端を飾る赤紫の宝石がシーツの方へと滑り落ちていった。

「あぁ……すごい、な。まるで吸いつかれているみたいだ」

「はっ、う………ん、んん……っ」

咥え込んだものがいつもより熱く感じるのは、これまであった隔たりが取り払われたせいだろうか。先端の張り出した部分が動く度、肉襞をこそげ取るように刺激してくるせいで、内側の締めつけは強くなる一方だった。

「礼悠、さ、ん……っ、これ……っ、駄目……で、すっ」

「駄目？　どうして？」

「おかしく、なっちゃ…………あうっ！」

最奥をとん、と突かれ、懇願の声が散っていく。追い詰められ、余裕を失った佑衣香を見下ろす甘い眼差しの奥では獰猛な光が宿っていた。

形も、熱も、感触も、これまでとは明らかに違うダイレクトな感覚は凄まじい快楽の波を引き起こす。飲み込まれる恐怖と期待が綯い交ぜになり、佑衣香をより高みへと連れていこうとしていた。

「これは……癖になってしまいそうだ」

不穏な呟きを制したいのに言葉がうまく出てこない。乱れた呼吸の合間に不明瞭な音を紡ぐだけの唇へ、ふんわりと柔らかなキスが降ってきた。その間も肉襞の感触を味わうような律動は止まらず、繋がった場所からぐちぐちと卑猥な水音が立っている。

「私の形がわかるね?」

「わっ……か、る…………っ」

「私の妻は優秀だな」

ゆるゆると腰を揺らしながら、礼悠が左手を取る。そこには佑衣香の名前が刻まれた指輪とは別にもう一つ、透明な石の嵌められた指輪が煌めいていた。

すぐに結婚するのだから婚約指輪は必要ない。そう言ったはずなのに、お揃いの指輪をするのは少し先の結婚式だからと礼悠は頑として譲らなかったのだ。

婚約指輪だけではない。衣類一式も半ば強引に買い揃えられてしまい、結局のところ実家から持ち出したものの大半は処分することになってしまった。

自分が与えた物だけを身に着けた妻をじっくりと眺め、礼悠が満足げに微笑んでいる。

どうやら礼悠は佑衣香から実家の痕跡を完全に排除したいらしい。それに気付いた瞬間、胸に湧きあがってきた感情は間違いなく歓喜と呼べるものだった。

「ん、ん…………っ」

「あぁ……また締まった。今にも食いちぎられそうだ」

精を搾り取ろうと肉襞が妖しく蠢く。そんな反応すらも礼悠を喜ばせる材料にしかならないらしく、恍惚の眼差しを浮かべながら微笑まれてしまった。

緩やかに、だが着実に追い詰められていった佑衣香の身体は知らず知らずのうちに随分と高い場所へと昇らされていたらしい。ひときわ強く奥を押し潰された瞬間、声をあげる余裕もなく達してしまった。

「ゆい……っ、か…………！」

「あっ！　んん……っ」

すぐさま後を追うように礼悠が腰を震わせる。どくん、と脈打った肉茎から白濁を吹きつけられ、その勢いと熱に身悶えた。

これまでの膜越しの感覚とは明らかに違う。絶頂の余韻に浸る身体を心地のいい熱が包み込み、佑衣香の意識は陶酔の海へと沈んでいった。

「佑衣香………」

「……は、い…………んんっ」

礼悠が腰を揺らすと、それに呼応するようにぐちゅんと淫靡な音が奏でられる。そういえば、精を放って落ち着いたはずなのにどうして勢いが衰えていないのだろう。

佑衣香の抱いた疑問はすぐさま氷解した。

「まだ、治まりそうにない」

「えっ……」

「もう少しだけ付き合ってくれるか？」

了承の言葉を待つ気がないのか、ゆるゆるとした律動が再び開始された。止めようとして伸ばした手はすかさず指を搦めて捕らえられ、シーツへと磔にされる。

「やっ…………もっと、ゆっくり…………」

「ゆっくりすればいいんだね。わかった」

「ちっ、が…………！　んんん――――っっ!!」

こうなってしまった礼悠を止める術がないのは、この二ヶ月で嫌というほど思い知らされている。

――明日、ちゃんと起きられるかな。

頭の片隅に浮かんだ心配は、あっという間に快楽の波へと飲み込まれてしまった。

エピローグ

「失礼いたします」

ノックの音に応えると、佑衣香の身の回りを世話してくれる使用人が顔を出した。

「どうした」

「今しがた、到着されたとのことです」

誰が、かを明言しなかったのは佑衣香を気遣ってくれたのだろう。細かな部分まで行き届いた配慮に感謝しつつも少しだけ申し訳ない気持ちになってしまう。

「わかった、ありがとう」

礼悠が短く返すと使用人は頭を下げて部屋を後にした。

――いよいよか。

ちゃんと覚悟を決めたというのに、いざ対面するとなると気分が沈んでいく。窓枠に手を添え、窓の外を見るともなしに眺めていると、後ろからそっと抱きしめられた。

「佑衣香、無理はしなくていい」

「……でも、わざわざ来てもらっていますから」

「散々振り回されてきたんだ。これくらい仕返ししてもいいだろう」

仕返しだなんて、そんな子供じみたことを礼悠が言うのがなんだかおかしい。くすっと小さな笑いを零すと頬に唇が押し当てられた。

「大丈夫です。ちゃんと会います」

「そうか。だが、少しでも失礼な言動があったらすぐに切り上げさせるから、そのつもりでいてくれ」

「わかりました」

佑衣香が微笑みながら頷くとようやく納得してくれたらしい。礼悠もふっと表情を和らげてくれた。そしてもう一度頬に唇を押し当ててから抱擁を解く。

佑衣香の夫はいつだって妻を最優先に考えてくれる。それがどれだけ心強く思えるかを生まれて初めて知った。再びのノックの音に「どうぞ」と返すと扉が静かに開かれる。

「浅霧様をお連れいたしました」

客人の案内は尾關が引き受けてくれたらしい。彼に続いて入ってきた人物はずっと俯いたまま、なかなかこちらを見ようとはしなかった。

「ご無沙汰しております。夫人」

冷ややかな挨拶に佑衣香の実母、浅霧奏美がびくりと身を震わせた。不機嫌を隠そうともしない声色から察するに、未だに彼女の所業を赦せないでいるのだろう。

礼悠の協力によって家を強引に出て以来、顔を合わせるのは一年半ぶりだ。

短くもなく、かといって長くもない期間だというのに母親が一気に老け込んだように見えるのは気のせいではない。

一連の騒動の後に浅霧家で話し合った結果、佑衣音は実家を出て叔父夫婦と共に暮らしはじめたと聞いた。今はあさぎり興産の関連子会社で事務員として働き、社会勉強に勤しんでいるそうだ。

入れ替わりで千隼が実家に戻ったものの仕事が忙しく、ほとんど母親と顔を合わせていないという。結局は一人取り残される形となった奏美はほとんど外出することなく、ひっそりと息を潜めるように暮らしているらしい。

こんなに身体が小さい人だっただろうかと思いながら、佑衣香は静かに深呼吸した。

「…………久しぶり」

切り出す言葉をちゃんと考えておいたはずなのに、いざ前にしたらどこかに消えてしまった。

咄嗟に出てきた言葉はやけに素っ気なく聞こえたに違いない。だが、きっとこれが佑衣香の本心なのだと開き直ることにした。

歓迎されていない空気をひしひしと感じているのだろう。奏美は目を伏せたままぎこちなく微笑んだ。

「……遅くなったけど、出産おめでとう」

「ありがとう。よかったら顔を見てあげて」

お祝いの類は必要ないと先に伝えてある。ただ彼女にとって初孫であることは事実なので、よければ会いに来てほしいと叔父を通して伝えたのだ。

六路木家に新たな命がやってきたのは三ヶ月前のこと。浅霧の家系は双子が生まれやすいと言われていたが、まさか佑衣香にも遺伝するとは思わなかった。しかも一卵性の男児だと判明した時、礼悠は当然ながら義両親も大喜びしていた。

奏美がゆっくりとした足取りで窓辺に置かれたベビーベッドへと近付いてくる。そして佑衣香の隣に並ぶと恐る恐るといった様子で中を覗き込んだ。

「……よく、眠っているわね」

「まだ夜泣きは始まってないけど、酷くないのを祈るしかないかな」

やはり双子の面倒を見るのは大変なので、礼悠がベビーシッターを手配してくれた。だから世間の母親よりも楽をさせてもらっている。それでもなお、常に実験が大詰めを迎えているかのような日々を送っているので、かつての奏美がどれだけ苦労していたのかを痛感していた。

「こっちが長男の聡《さとし》で、こっちが次男の明《あきら》だよ」

「名前は、二人で決めたの？」

「そうだね」

子供の名前を決めるのはとても大変な作業だと、妊娠が判明する前に参加した高校の同窓会でかつてのクラスメイトが愚痴っていた。

画数やら響きやら、気にしなければいけない要素が多すぎる。しかも、家によっては厳格な命名ルールがあったりもするらしい。ともすれば親戚一同を巻き込んだ騒動にまで発展するという話を、当時の佑衣香はふーん大変なんだね、と聞き流していた。

そしていざ当事者になってみると、あの時の話は真実だったと身をもって感じていた。

双子の場合は名前の一部を揃える、もしくは関連を持たせるのが基本だが、まずはそのどちらにするかで大いに迷った。

男児なので今の名字との組み合わせを気にするだけでいいのと、六路木家には命名ルールがまったく存在しなかったことが救いだろう。礼悠の両親から二人で決めなさい、と言われたので、一時期は礼悠との会話の大半が名前の検討で占められていた。

数えきれないほど候補を挙げ、その中から英語でも発音しやすいものを選んだ結果、比較的シンプルな名前に落ち着いたのだ。

「今は、こんな便利なものがあるのね……」

取り違えを防ぐため、二人の足首にはベビーミサンガを着けてある。奏美はそこに編み込まれた名前をじっと見つめていた。勝手に抱き上げようとするのではと心配していたのだが、その危険はなさそうだと密かに安堵する。

「抱いてみる？」

「えっ……」

最初は触れてほしくないと思っていたのに、あまりにも熱心に見つめているので気がつけばそんな言葉が飛び出していた。その申し出が意外だったらしい。奏美は大きく目を見開いたまま動きを止めた。

「………起こしたら可哀そうだから、やめておくわ」

「そっか」

ぐっすり眠っているから大丈夫、と言いかけて口を噤む。嫌なことは嫌だとはっきり言う人だから本当に遠慮しているのだろう。だったら尚更、無理強いはしない方がいい。

話の接ぎ穂を失い、身じろぎひとつせずに眠る双子をただひたすら眺める。そこに気まずさはなく、穏やかな空気が流れていた。

「会わせてくれて、ありがとう」

「……うん」

奏美と佑衣香の間にできた溝はあまりにも深く、今はまだこれが精一杯。帰り支度をするのを眺め、部屋を後にするのを静かに見送った。

扉が閉まったのをたしかめてから、佑衣香はほう……と溜息をつく。無意識のうちに身体にも力が入っていたらしく、強張った肩を軽く揉みほぐした。

「佑衣香、お疲れ様。よく頑張ったね」

「はい。色々と手配していただいて、ありがとうございました」

後ろから引き寄せてくる力に抗わず、佑衣香は黙って見守ってくれた夫に身を委ねる。頭頂に唇が押し当てられるのを感じながら、ベビーベッドに二つ並んだ寝顔をじっと見つめた。


——私に母親が務まるだろうか。

妊娠が判明した時、喜びと同時に大きな不安が押し寄せてきた。

胸に居座った憂いを夫に打ち明けるべきか迷っていたが、こちらから告げるより先に察したらしい。礼悠は一緒に「親」になる勉強をしようと提案してくれたお陰で、出産に対する覚悟を決めることができた。

仕事は臨月ギリギリまで研究所で働いていたものの、出産準備に入ると同時に退職すると決めた。犬養を筆頭として随分と惜しまれたのだが、なにせ嫁ぎ先が嫁ぎ先である。

仕事をしながらではとても六路木家の嫁は務まらないのだと説明すると、渋々ながらも納得してくれた。

「この子達は、日に日に礼悠さんに似てきていますね」

「うーん……そうか？」

「はい、特に目元がそっくりじゃないですか」

邸の人間だけでなく、出産祝いに駆けつけてくれた千隼や叔父夫婦までもがそう言っているのだ。だが、当の礼悠はあまりピンときていないらしい。

今日もまた身を屈め、むにゅむにゅと口を動かしながら眠る息子をじっくりと眺めていた。

「それなら次は、佑衣香に似た子がほしいな」

「……気が早いですね」

医者からはそろそろ大丈夫だと言われているものの、照れもあって礼悠にはまだ伝えていない。だが、思わせぶりにお腹をするりと撫でられた瞬間、しばらく忘れていた疼きが胎の奥から湧きあがってくるのを感じた。

「おや、明がお目覚めだな」

ぐずりはじめた次男を礼悠が慣れた手付きで抱き上げる。柔らかな日差しをバックに息子をあやす姿を見ていると胸がいっぱいになり、涙が出てきそうになる。

弟に釣られたのか兄の聡までもが小さな泣き声をあげはじめた。

やっぱり双子はこうなってしまうのか。礼悠と顔を見合わせて苦笑いを浮かべると、佑衣香はベビーベッドへと手を差し伸べた。

END

あとがき

お初の方は初めまして。そうでない方はお久しぶりです。蘇我空木《そがうつき》です。

この度は『身代わり婚約者は今夜も抱かれる　御曹司の甘く激しい執着愛』をお手に取っていただき、誠にありがとうございます。

今回のテーマはなんと「身代わり婚約者」です。

あくまでも結婚する前の期間だけ妹になりすますという、なかなか荒唐無稽な設定ではありますが、見た目がそっくりな双子ゆえにできたことでしょうね。とはいえ、実際にやろうとすると、この情報化社会ではだいぶハードなミッションになることでしょう。

（※推奨はしませんよ！）

ハードなミッションといえば、うっかり双子姉妹を一文字違い、しかも字面も似ている名前にしたせいで推敲に思いのほか苦労しました。

「佑衣香」と「佑衣音」って、ぱっと見はほぼ同じですよね。読者さんも混乱するのではないかと思い、他の名前をあれこれ考えてみたのですが結局は良い案が思いつかず、当初の予定通りとなってしまいましたごめんなさい。

きっと二人の家族は頻繁に言い間違いをしていたんじゃないかな……。

いやはや、名付けって本当に難しい！　と親みたいな気持ちになりました。

そんなわけで作者が苦労しただけではなく、編集さんや校正さんにも多大なる負担と迷惑をおかけしたお話となってしまいました。ちなみに蘇我本人も結構な回数の見直しをしましたし、プロのチェックも通っていますので間違いはない！　……はずです。

そんな経緯を経て皆さんのお手元に届けられた本作のヒロイン、佑衣香はバリバリの理系女子で、リケジョを書くのが好きなわたくしめは非常に楽しかったです。しかも面倒見の良いおかん属性まで持ち合わせているので、実はパートナーにするには最高なのではないかと勝手に思っています。

そしてお相手の礼悠さん、関係が深まってもなかなか敬語が抜けないところが個人的な萌えポイントでしょうか。基本は素っ気ない態度で接してくるけど、一度気に入るととんでもなく大事にしてくれる人なので、これまた良い旦那様になること間違いなしです。

なお、この二人は性格がよく似ています。おそらく結ばれた後は「奥さんを隙あらば甘やかしたい旦那さま」対「多忙な旦那さまにできるだけ迷惑をかけたくない奥さん」という攻防戦が繰り広げられるかと。

そんな二人の姿を想像しながらお読みいただけると嬉しいです。

そして今回、イラストを担当してくださった北沢《きたざわ》きょう先生に深く御礼申し上げます。初の白衣ヒロイン！　いやぁ……感無量でございます。

なにを隠そう、蘇我の商業デビュー作が収録されている『オパール文庫　極甘アンソロジー①シンデレララブ！』のカバーイラストを描かれていたのが北沢先生なのです。

あれから早七年（もう七年も経ったの!?）、遂に単独で担当いただけたことを非常に嬉しく思っております。

そして最後に担当編集さま、並びに編集部の皆さまにも大変お世話になりました。

ではまた、どこかでお会いできる日を楽しみにしております。

二〇二五年　啓蟄　　蘇我空木

◆ ファンレターの宛先 ◆
〒102-0072　東京都千代田区飯田橋3-3-1
プランタン出版　オパール文庫編集部気付
蘇我空木先生係／北沢きょう先生係

オパール文庫Webサイト　https://opal.l-ecrin.jp/

Opal

身《み》代《が》わり婚約者《こんやくしゃ》は今夜《こんや》も抱《だ》かれる
御曹司《おんぞうし》の甘《あま》く激《はげ》しい執着愛《しゅうちゃくあい》

著　者――蘇我空木（そが うつき）
挿　絵――北沢きょう（きたざわ きょう）
発　行――プランタン出版
発　売――フランス書院
　　　　　〒102-0072　東京都千代田区飯田橋3-3-1
印　刷――誠宏印刷
製　本――若林製本工場
ISBN978-4-8296-5569-6 C0193

本書へのご意見やご感想、お問い合わせは、QRコード、
または下記URLより弊社公式ウェブサイトまでお寄せください。
https://www.l-ecrin.jp/inquiry

Opal Label オパール文庫

Op8461

好評発売中!